무당괴공
11

武魁

김태현 신무협 장편소설

ORIENTAL FANTASY STORY & ADVENTURE

dream
books
드림북스

무당괴공 11

초판 1쇄 인쇄 / 2014년 9월 29일
초판 1쇄 발행 / 2014년 10월 10일

지은이 / 김태현

발행인 / 오영배
책임편집 / 편집부
펴낸 곳 / (주)삼양출판사 · 드림북스

주소 / 서울특별시 강북구 솔샘로67길 92
대표 전화 / 02-980-2112 팩스 / 02-983-0660
편집부 전화 / 02-980-2116 팩스 / 02-983-8201
블로그 / blog.naver.com/dreambookss

등록번호 / 제9-00046호
등록일자 / 1999년 3월 11일

ⓒ 김태현, 2014

값 8,000원

ISBN 979-11-313-0066-4 (04810) / 978-89-542-5289-8 (세트)

* 지은이와 협의하에 인지는 생략합니다.
* 잘못된 책은 구입한 곳에서 바꾸어 드립니다.

이 도서의 국립중앙도서관 출판시도서목록(CIP)은
서지정보유통지원시스템홈페이지(http://seoji.nl.go.kr)와 국가자료공동목록시스템(http://
www.nl.go.kr/kolisnet)에서 이용하실 수 있습니다. (CIP제어번호: 2014027800)

무당괴공
11

김태현 신무협 장편소설

ORIENTAL FANTASY STORY & ADVENTURE

dream books
드림북스

武當魁公

무당괴공

목차

第一章

천룡맹 탈환작전
전(轉)

천괴의 입가에 묘한 미소가 맺혔다.

만안당주는 천괴의 그런 모습에 이제는 버릇처럼 슬그머니 물러난다. 아니나 다를까 바닥에서 흐느적거리던 금선강기가 허공을 너울거린다.

"재밌네."

만안당주의 표정이 핼쑥하게 변했다.

며칠 전 천괴는 요란하게 떠났던 것과 다르게 소리 소문 없이 돌아왔다. 그 결과물은 천년비문이라 불릴 만큼 신비한 곤륜파의 멸문이었다. 그러니 천괴의 일거수일투족에 민감하게 반응하는 것은 당연했다.

"무언가 재미난 일이라도 있으십니까?"

천괴는 입꼬리를 올렸다.

"쌍둥이 중에 하나가 망가졌군."

"흑백쌍천을 말씀하시는 겁니까?"

흑백쌍천은 천괴의 명을 받고 황궁으로 떠나지 않았던가. 한데 천괴가 어찌 흑백쌍천의 변고를 논한단 말인가.

천괴는 대꾸하는 대신 눈을 빛냈다. 그 모습은 마치 천리 밖에 있을 흑백쌍천의 상황을 주시하고 있는 것처럼 보였다.

'설마……'

"불멸전혼의 완성은 단순히 영생으로 끝나지 않아. 한마디로 하늘이 되는 것이지."

만안당주는 고개를 조아리며 물었다.

"우매한 제자에게 가르침을 내려주시옵소서."

천괴는 손가락을 펴고 하늘을 가리켰다.

"내 손가락 위에 무엇이 있느냐?"

만안당주는 쉬이 대꾸하지 못했다. 아무것도 없지만, 곧이곧대로 대꾸할 수는 없는 노릇이 아닌가.

천괴는 히죽 웃으며 말했다.

"내 손 아래에 천하가 있다. 그러니 나는 지금 하늘을 받치고 있는 중이야."

만안당주는 눈을 부릅뜬 채 온몸을 부르르 떨었다.

천괴의 말이 떨어지기 무섭게 엄청난 존재감이 전신을 옥죄어 왔기 때문이다. 마치 하늘이 자신을 짓누르고 있는 것만 같았다.

"끄으으……."

천괴는 그 모습에 빙긋 웃으며 손가락을 접었다.

그러자 엄청난 압박감이 사라지고, 시원한 바람이 이마를 스쳐 간다.

"머리가 좋아서 그런가 받아들이는 것도 빠르군."

"감히 사부님을 의심한 죄 죽어 마땅합니다."

천괴는 고개를 내저었다.

"딱히 그럴 필요 없다. 내가 원하는 것을 너희들에게 받았고, 너희들이 원하는 것을 주었다. 내게 그 외의 것은 의미가 없어."

"하면 저희들에게 불멸전혼대법을 가르쳐 주신 것이 아깝지 않으신 겁니까?"

천괴는 눈을 지그시 감고 옛일을 떠올렸다.

"구궁무저관의 선기가 내공을 갉아먹었고, 반야만륜겁은 그 사이를 비집고 들어와 나를 묶어 버렸다. 천의는 조금씩 나를 금제하기 시작했지. 금제를 풀기 위해 백여 년을 보냈지만, 달라진 건 없었다. 강호에 흩어져 있는 영약이나, 비보를 찾으려다가 너희들을 만나게 되었다. 모두 제자가 되어 불멸전혼대법을 전수받고자 했지. 그래서 주었다. 불멸전혼대법으로 인해 영생에 도달할지는 너희들에게 달린 일이야."

"도달할 수 있는 겁니까?"

천괴는 어찌 된 일인지 만안당주의 물음에 순순히 대꾸했다.

"불멸전혼은 천의를 거스르는 역천의 대법이야. 그것은 곧 천의와 대등한 존재가 되어야 가능하다는 뜻이지. 자격이 없는 자가 불멸전혼을 원하면 벌을 받는 것이 당연하다. 흑천처럼."

흑백쌍천이 천괴를 지킨 햇수만 해도 벌써 강산이 서너 번은 바뀌었을 것이다. 그러나 천괴는 흑천의 죽음을 논하면서도 일말의 감정도 드러내지 않았다.

만안당주는 이제 인정하지 않을 수가 없었다.

'우리는 잠깐의 변덕을 부린 부산물에 불과한 것인가?'

한데 한 가지 의구심을 지우지 못했다.

"하면 저희 중에 영생의 자격을 갖춘 자가 있기는 한 겁니까?"

천괴의 눈빛에 잠시 서늘함이 스쳐 갔다.

"한 명 정도는 가능할지도……."

"혈천휴 대사형입니까?"

만안당주의 말에 천괴는 고개를 내저었다.

"명수라."

명수라(冥修羅)는 황궁에 있는 이제자가 아닌가.

그는 종잡을 수 없는 성격과 괴이한 매력을 지닌 자였다. 만안당주는 단 한 번 만났을 뿐이지만, 아직도 그 순간을 선명하게 기억하고 있을 정도였다.

"명수라에게는 황제든, 황궁이든 모두 유흥거리에 불과해. 사람인 주제에 사람이 아닌 것처럼 행동하려는 놈이거든. 그러니 흑백쌍천을 가지고 장난질을 쳤다고 해도 하등 이상할 것이 없지."

"장난질이라니요?"

"백천과 흑천에게 각기 다른 것을 주었군."

흑백쌍천을 명수라에게 보낸 것은 다름 아닌 천괴가 아닌가. 불멸전혼대법을 한 단계 더 발전시킬 수 있다는 이유에서였다.

하나 천괴가 마뜩찮은 표정을 짓고 있는 것은 흑백쌍천에 대한 안쓰러움 때문은 아닐 것이다. 자신의 의도와 상관없이 명수라가 장난질을 쳤기 때문일 것이라 미루어 짐작할 따름이었다.

'어찌 보면 천괴와 가장 흡사한 자는 명수라가 아닌가.

그래서 천괴가 마음에 들어 하지 않는 것인가?'

만안당주는 잠시 호흡을 가다듬은 후 조심스럽게 물었다.

"하면 흑백쌍천은 어찌 되는 것입니까?"

천괴는 다른 사람 이야기 하듯 시큰둥한 어조로 대꾸했다.

"백천은 성장하고, 흑천은 죽겠지. 불멸전혼대법이 폭주한 이상 흑천은 자연지기를 한없이 빨아들인 후 발산할 것이다."

                    *   *   *

검총의 시초가 언제인지는 정확하지 않다.

그저 언젠가부터 낭인들이 관제묘를 둥지 삼아 머물렀고, 그들 중 검에 매진한 자들이 더더욱 똘똘 뭉쳤을 따름이다.

한 자루 검으로 천하를 종횡한다.

검을 쥔 자라면 누구나 독보강호를 꿈꾼다.

낭인들 역시 그러했다.

신분, 자질, 사문으로 인한 현실에 좌절할수록 검의 극의를 찾아 헤맸다. 그러나 명문의 자제들과는 벌어진 격차는 메울 수가 없었다.

결국 낭인들은 현실에 순응하고, 강호에서 살아남기 위해 낭천회를 조직하고, 가장 강한 자를 낭왕으로 추대했다. 그렇게 한때 유협이라 불렸던 낭인은 강호의 수많은 세력 중 하나가 되었다.

하지만 그 순간에도 관제묘를 지붕 삼아 수련하던 자들이 존재했다. 그들은 깨달음을 공유했고, 매일 같이 비무를 이어갔다.

일정한 경지에 이른 자는 그제야 강호에 출도하여 명성을 쌓았다. 그리고 돌아가 후대의 낭인들을 위해 검을 바쳤다.

그렇게 관제묘 밖에는 검이 꽂히기 시작했고, 그 검이 백여 자루가 되었을 때 강호는 그곳을 가리켜 검이 잠드는 곳, 검총(劍塚)이라 불렀다.

검총은 무당과 화산처럼 검의 조종이라 칭송받지는 않지만, 검가를 논할 때 빠지지 않았다.

한데 그렇듯 이름 높던 곳이 하루아침에 사라졌다.

백여 자루의 검은 모두 자취를 감췄고, 명승지나 다름없던 관제묘 역시 허물어진 채 폐허가 되었다.

그렇게 검총은 역사 속으로 사라진 것이다.

"천괴는 어디 있냐?"

지문주는 저잣거리의 한량처럼 건들거리며 물었다. 이미 천괴로 인해 태상과의 약속이나, 적운비와의 대결은 잊혀 진지 오래였다.

그는 이제 지문주가 아니라 검총의 주인이었다.

흑백쌍천 중 동생인 백천의 미간이 일그러졌다.

천괴는 불멸전혼대법을 완성한 신적인 존재가 아닌가. 게다가 명수라를 통해 불멸전혼대법은 한 단계 진일보했다. 단전을 녹여 외기와 호흡하는 경지에 이르렀으니 경외심은 한층 더 깊어진 상태였다.

"감히 그분의 존함을 거론하다니!"

"존함? 남의 집에 찾아와서 검 달라고 칭얼거렸다는 그 버릇없던 호로새끼를 말하는 것이냐?"

백천의 전방에서 공간이 심하게 일렁거린다.

이내 하나의 파동이 꿈틀거리며 검총주를 향해 꽂혀 들었다.

쿠쿠쿵!

적운비는 경악을 금치 못했다.

자연지기를 빨아들인 후 발출하는 과정이 지극히 빨랐다. 암객이나 혈객과 비할 바가 아닌 것이다. 비공기는 자연지기를 주고받는 것이라 일방적으로 강탈한다. 그렇기에 저처럼 자연스럽게 내공의 수발이 이뤄지기란 불가능에 가까웠다.

한데 백천이 그것을 해낸 것이다.

그러나 놀라기에는 일렀다.

검총주는 검집의 중간 부분을 쥐었다. 검의 손잡이를 바깥쪽으로 향하더니 자세를 낮춘다. 그리고는 일갈과 함께 전방으로 튀어나갔다.

"차핫!"

검은 그 자리에 머물고, 검총주만 나아간다.

검총주는 검을 지나치는 순간 검의 손잡이를 움켜쥐었다. 그리고는 그대로 검을 뽑아 들며 전방을 크게 베었다.

쫘아아아악!

검(劍)은 공간의 결을 탔다.

마치 검이 사라지고, 소리만 남은 듯한 형국이다.

하지만 검이 다시 나타났을 때 백천의 강기는 절반으로 쪼개진 후였다.

'저걸 하다니!'

강기는 기를 응축시켰다가 터트리는 것을 뜻한다.

이 모든 일련의 과정은 시전자의 의지를 통해서만 가능한 일이었다. 그러니 상대가 강기를 자르거나, 쪼개는 것은 불가능했다. 쪼개지는 순간 시전자의 통제를 벗어나니 폭발하는 것이 순리였다.

적운비라면 혜검의 묘리를 통해 타인의 강기를 분화하거나, 흡수하는 것이 가능했다. 그러나 그것은 혜검을 익힌 적운비만이 가능한 일이었다.

한데 검총주가 그것을 해낸 것이다.

신검합일(身劍合一)은 물론이고, 기와 기가 연결되는 자연의 섭리까지 파악하는 경지에 도달한 것이다.

지금껏 적운비가 마주했던 사람들 중 가장 강했다.

'검의 극의!'

명문의 가르침도, 영약도 없이 순수하게 열정만으로 이뤄 낸 경지가 아닌가.

텅! 텅! 텅!

백천은 연이어 강기를 날렸다. 내력을 무한하게 운용하니 사람으로 여겨지지 않을 정도였다. 한데 검총주는 백천의 강기를 연이어 잘라 내거나, 튕겨 냈다.

두 사람의 말도 안 되는 공방이 이어졌다.

남궁신은 물론이고, 적운비조차 개입할 여지가 없을 정도로 치열한 혈투였다.

한데 이미 주화입마에 빠져든 흑천의 상태가 범상치 않았다.

"끄으으!"

가장 먼저 변고를 눈치챈 것은 적운비였다.

비공기의 폭주.

지금껏 비공기를 사용하는 이들이 멀쩡한 이유는 하나였다. 자연지기를 받아가는 과정은 지극히 정상적이었기 때문이다. 단지 받은 만큼 돌려주지 않을 뿐이었다. 그렇기에 비공기를 사용하면 자연지기가 일그러지고, 환경이 피폐해진다. 한데 비공기의 폭주는 또 다른 폐해를 불러일으켰다.

끌어올 때에는 순리를 따르고, 줘야 할 때는 역리로 답한다는 비공기의 기본적인 묘리가 일그러진 것이다.

그그그그궁—

초목이 빛을 잃고, 사그라들기 시작했다.

흑천의 비공기는 흡수할 때에도 역리를 행한다.

그러니 자연지기가 요동을 친다.

대기가 비명을 내지르고, 공간을 비틀어서라도 벗어나려 용트림을 한다.

자연지기가 희박한 곳.

그곳은 당연히 인파가 몰려 있을 터였다.

"끄아아아아아!"

흑천의 절규와도 같은 외침 후에 묵빛 기운이 뭉쳐들었다. 그리고 그의 양손은 적연철방의 정문 쪽을 향했다.

"이런!"

적운비는 제운종을 펼쳤다.

너울거리며 나아가는 모양새는 느릿하기 짝이 없다.

하나 적운비는 이미 흑천의 양손을 마주하는 자리를 점한 상태였다.

쿠쿠쿠쿠쿠쿵!

수천 마리의 말이 내달리듯 대지가 요동친다.

그리고 묵빛 강기가 줄기줄기 쏟아져 나왔다.

'흐흡!'

한 호흡에 단전에서 휘돌아 나온 건양대천기와 곤음여지기가 쌍장에 맺혔다. 혜검의 만변약수행(萬變若水行)으로 되돌리고 싶었지만, 엄두가 나지 않았다.

결국 적운비가 택한 것은 혜검의 첫 초식인 건곤와규령(乾坤渦糾寧)이었다.

'돌려줄 수 없다면 튕겨낸다!'

지금껏 그 어떤 기운도 혜검의 장막을 뛰어넘지 못했다.

적운비는 전신에 소름이 돋는 와중에도 묵빛의 강기를 향해 쌍장을 내질렀다. 동시에 양팔은 하나의 원을 그리며 휘돈다.

그리고 기다렸다는 듯이 묵빛의 강기를 후려쳤다.

쩡!

거대한 기둥처럼 꽂혀든 강기가 허공으로 튕겨 나갔다.

하나 적운비의 얼굴은 지금까지 본 적이 없을 정도로 일그러진 상태였다.

'크흑'

오른쪽 어깨 아래로 감각이 전무했다.

이내 찌릿한 통증과 함께 감각이 돌아왔다.

하지만 이미 손목과 팔꿈치, 그리고 어깨의 뼈가 모조리 어긋난 상태였다. 그나마 멀쩡한 왼손도 학질에 걸린 것처럼 파들파들 떨고 있었다.

적운비는 생소한 고통 속에서도 흑천에게서 시선을 떼지 않았다.

경지에 이른 무인의 주화입마는 무섭다.

생사를 도외시한 채 폭주하기 때문이다.

한데 그 대상이 비공기를 익힌 존재, 그것도 천괴의 직전 제자라면 피해 규모는 상상을 초월할 터였다.

'비공기는 자연지기를 좀먹는다!'

그런데 비공기가 폭주한다면 자연지기를 어느 정도 흡수할지 가늠이 되지 않았다. 그야말로 엄청난 공간이 무(無)의 대지로 바뀌는 것이다.

보지 못하고, 듣지 못하고, 숨을 쉬지 못한다면.

생각만으로도 전신에 소름이 돋았다.

'막아야 해!'

다행히 흑천은 비공기를 발산한 이후 잠시나마 제정신이

돌아왔나 보다.

"크흑, 명수라! 이 간악한 놈! 결코 그냥 두지 않을 것이 야!"

칠공(七孔)에서 피를 흘리며 내뱉는 저주.

분노는 오롯이 주화입마의 먹잇감이 되었다.

이내 흑천의 눈동자가 검게 물들었고, 칠공을 통해 비공기가 사방으로 흘러나왔다.

그그그그극—

비공기를 뿜어내는 횟수가 잦아질수록, 그 여파도 강렬해졌다.

쩡! 쩡! 쩡! 쩡!

귀가 아닌 마음으로 전해지는 파열음.

자연지기로 인해 조화를 이루던 공간이 붕괴한다.

깨지고, 터지고, 으스러지더니 점점 공허의 대지가 넓어졌다. 이제 심약한 자는 칠공이 터져 죽을 것이고, 시간이 흐르면 고강한 무공을 익힌 무인이라고 해도 버텨낼 수 없을 것이다.

생(生)의 기운, 그것은 바로 자연지기가 아닌가.

그 조화가 무너진 이상 인간이라면 그 누구도 비켜갈 수 없는 사신의 칼날 위에 선 것과 다름없었다.

"검총주!"

지금은 무례를 논할 때가 아니지 않은가.

검총주는 적운비의 외침에 즉각 반응했다.

공교롭게도 백천 역시 마찬가지였다.

제아무리 그리고 해도 불멸전혼대법을 완성하지 않은 이상 공허의 대지는 곧 소멸을 뜻했다.

백천은 검총주를 공격하는 대신 물러났다.

불멸전혼을 앞두고 있으니 떨어지는 낙엽에도 몸을 사릴 시기가 아니던가.

"한 번 더 폭주하면 피바다가 될 겁니다!"

검총주나 백천 정도의 경지라면 적운비가 느낀 것을 느끼지 못할 이유가 없다. 게다가 검총주는 기의 흐름을 읽을 정도로 검의 묘리가 깊지 않은가.

"저 정도의 기를 빨아들이다니⋯⋯."

"막아야 해요!"

불과 일각 전만 해도 적운비와 검총주는 서로를 생사대적으로 여겼다. 하나 검총주의 뿌리는 정파가 아닌가. 그것이 아니더라도 인간으로서 대참사는 반드시 막아야 했다.

검총주와 적운비는 잠시 눈빛을 교환했다.

서로의 무위를 견식한 만큼 판단도 빨랐다.

두 사람은 좌우로 나뉘어 흑천을 향해 짓쳐 들어갔다. 흑천이 이미 빨아들인 자연지기로 인해 어느 정도의 피해는 감수해야 했다.

그러나 검총주는 망설임이 없다.

적운비는 그 모습을 보며 내심 감탄을 금치 못했다.

수십 년 동안 곱씹어온 천괴에 대한 분노마저 잠시 미뤄 둔 채 협심을 발휘한 것이 아닌가.

한순간 경외심을 가지지 않을 수가 없었다.

'새로 태어날 천룡맹에 필요한 사람!'

욕심을 부리려면 살아야 한다.

적운비는 흑천을 향해 내달리면서도 호흡을 가다듬었다. 오른팔은 부러지지 않았지만, 어깨부터 모든 관절이 어긋 난 상태였다. 그나마 멀쩡한 왼손도 여전히 경련을 일으키 고 있었다.

'혜검을 한 손으로 펼쳐야 하는데…….'

만변약수행과 뇌신회룡포는 불가능했다.

호신강기의 극의라고 할 수 있는 건곤와규령은 펼칠 수 있었으나, 이전에 비해 약할 것이 분명했다.

[너 혜검이지?]

불현듯 귓가에 스며드는 전음.

검총주의 것이다.

적운비는 검총주의 안목에 다시 한 번 감탄을 금치 못했 다. 검총주는 그것을 긍정으로 받아들였는지 전음을 이어갔다.

[내가 들은 혜검의 공능이라면 그 어떠한 기운도 품을 수 있다고 들었다. 가능하냐?]

검총의 무인들이 은거할 때 자신의 검만 남기는 것은 아니었다. 그가 강호를 떠돌며 보고, 들은 모든 것을 남기는 것이다. 그렇게 오랜 세월 축적된 자료의 양은 상상을 불허할 터였다.

[검총의 위명은 익히 들어 알고 있었지만, 정말 모르시는 것이 없군요.]

적운비의 전음에 한순간 검총주의 입꼬리가 씰룩거렸다. 장시간 홀로 천괴의 흔적을 좇았고, 그 후에는 태상의 밑에서 비밀 신분을 유지했을 것이다. 그러니 칭찬에 약할 것은 자명한 일이었다. 하나 이내 표정을 수습한 후 좀 더 진중한 어투로 전음을 이어갔다.

[막는 것이 불가능하다면 최소화해야 한다. 내가 잘라 내겠다. 너는 네가 품을 수 있을 만큼 품어라.]

적운비가 고개를 끄덕이자, 검총주는 더욱 빠르게 내달렸다.

지이이이이이잉—

검총주의 투박한 검은 어느새 검갑 속에서 기음(奇音)을 토해 내고 있었다.

'발도로 갈라내려는 것인가?'

기를 응축시킨 후 한 호흡에 폭발시킬 때에는 발도만한 기술이 없다.

적운비는 불현듯 혈인을 떠올렸다.

'녀석이라면 보는 것만으로도 얻는 것이 많을 텐데……'

쩡—

눈앞의 시계(視界)가 반으로 잘렸다.

검총주가 발검하자 한순간 공간 자체가 잘려 나간 것과 같은 착시가 일어난 것이다.

적운비는 흑천이 멈칫하는 사이에 왼손으로 원을 그렸다.

만들 수 있는 최대한의 크기.

그러나 평소와 비교하면 차이가 크다.

적운비는 애써 마음을 다잡은 채 원을 밀어냈다.

'건곤와규령을 펼쳐 감싸듯이!'

쉬이이이잉—

공파산으로 시작되어 면장으로 완성된 태극.

하나의 원은 이내 두 개가 되었고, 네 개가 되었다.

그렇게 퍼져 나간 원은 폭주하기 일보직전인 비공기를 감싸며 요동쳤다.

쩡! 쩡! 쩡!

비공기를 감쌌던 태극이 폭발했다.

그러고는 다시 비공기를 허공에 흩뿌렸다.

하나 혜검으로 정화됐으니 흘러나온 기운은 비공기라 부를 수 없는 자연의 성질을 띠고 있었다.

경지에 이른 고수만이 볼 수 있는 광경이다.

검총주는 적운비의 신위를 목도한 후 내심 감탄을 금치 못했다.

'저 나이에 저런 무위를 지닌 자가 고금을 통틀어 몇이나 되겠는가?'

불현듯 전설이 탄생하는 순간을 목도하는 듯한 쾌감과 아쉬움이 동시에 스쳐 갔다.

그 순간 검총주를 자극하는 기운이 있었다.

잠시 물러났던 백천이 소리 없이 다가온 것이다.

백천의 쌍장에서 흘러나온 비공기가 검총주가 있던 자리에 꽂혀 들었다.

"이런 미친놈아! 너도 죽을 셈이냐?"

흑천이 폭주하면 그 누구도 살아남을 수 없다.

그럼에도 불구하고 백천은 검총주를 공격한 것이다.

그러나 백천의 꿍꿍이는 따로 있었다.

'어차피 흑천은 죽는다. 하면 정파의 떨거지들과 함께

사라지는 편이 좋지 않겠는가!'

백천은 비공기의 운용을 통해 폭발하기 직전이라도 몸을 뺄 자신이 있었다. 그러니 흑천의 폭주를 막아선 검총주와 적운비는 눈엣가시나 다름없었다.

"닥쳐라! 늙은 놈아!"

백천은 연이어 쌍장을 흩뿌렸다.

검총주는 더 이상 여유를 부리지 못했다. 흑천의 폭주를 막기 위해 검총의 비전인 공절검(孔絕劍)까지 사용하지 않았던가.

터터터터텅!

검총주의 검이 현란하게 허공을 베었다. 그것으로 인해 백천의 비공기가 사방으로 흩어지며 폭발했다.

하나 백천의 입가에는 미소가 드리워져 있었다.

검총주가 이전처럼 비공기를 잘라낸 것이 아니라 튕겨냈기 때문이다.

"죽어라!"

백천과 검총주는 빠르게 공수를 이어갔다.

하지만 두 사람 모두 전력을 다할 수가 없는 상황이었다. 잠시나마 주춤했던 흑천이 다시 비공기를 빨아들였기 때문이다.

백천은 몸을 뺄 기회를 잡아야 했고, 검총주는 전력을 다해 막을 요량이었다.

그 순간 남궁신의 외침이 들려왔다.

"퇴각 명령이 하달됐다!"

적운비와 검총주의 입가에 흐릿하게나마 미소가 맺혔다. 흑천의 폭주 이후 두 사람은 각자의 편을 통해 상황을 알린 상태였다.

남궁신은 적운비의 전음을 받자마자 제갈소소를 들쳐 업고 외원으로 빠져나갔다. 그리고 동문주와 남궁세가의 무인들에게 전황을 알리고 돌아온 것이다.

적운비는 남궁신을 향해 전음을 보냈다.

[합류지점에서 대기해. 지금은 최대한 빠르게 전력을 보존한 상태로 빠져나가야 해.]

[적도산장은?]

[비공기가 폭발하면 적도산장도 무사하지 못해. 그들은 밥그릇 챙기느라 막지 않을 거야.]

남궁신은 고개를 끄덕이면서 쉽사리 자리를 뜨지 못했다.

'경지에 이르렀고, 조만간 벽을 넘을 것이라 여겼거늘……'

저들의 싸움을 지켜보면 하늘 위의 하늘이라는 말이 절로 떠오를 지경이었다.

남궁신은 주먹을 불끈 쥔 채로 결연한 의지를 드러냈다. 다시는 뒤에서 지켜보지 않겠다고.

[가!]

[무사해라! 꼭!]

적운비의 전음에 남궁신은 재회를 기약한 후 자리를 떴다.

지이이이이이이이이잉—

남궁신이 떠나고 얼마 지나지 않았을 때였다.

몸을 잔뜩 웅크리고 있던 흑천이 괴성을 내지르기 시작한 것이다. 그러고는 서서히 허리를 펴며 온몸을 부르르 떨었다.

그의 눈동자는 밤보다 까맣게 물든 상태였고, 코와 귀에서는 검은 기운이 스멀스멀 기어 나오고 있었다.

끼아아오아아아아—

흑천의 입에서 튀어나온 것은 사람의 목소리가 아니었다. 명부의 깊은 곳에 자리한 불구덩이에 갇힌 악귀나 흘릴 법한 마령음이 아닌가.

백천은 몸을 부르르 떨더니 황급히 물러났다.

본능적으로 비공기가 폭발하기 일보직전인 것을 알아차린 것이다.

검총주는 한순간에 점이 되어 사라진 백천의 뒷모습을

보며 이를 악물었다. 등을 훤히 보이고 도망치는 적을 공격하기보다 흑천의 폭주를 막는 것이 우선이었다.

'이제는 자를 수 없다. 이제는…….'

검총주는 아예 허공에 붕 떠 있는 흑천을 보며 미간을 찡그렸다. 흑천은 비공기를 전신에 감싼 채 연방 마령음을 토해 내고 있었다. 눈으로 보고, 귀로 듣는 것만으로도 내장이 진탕되는 것만 같았다.

'아! 그 녀석은?'

검총주는 황급히 시선을 돌려 적운비를 찾았다.

어찌 됐든 흑천을 막기 위해서는 녀석과 힘을 합쳐야 하지 않겠는가.

한데 적운비의 모습이 이상하다.

눈을 감은 채 명상을 하듯 편안한 표정을 짓고 있는 것이 아닌가.

"후우……."

적운비의 입에서 묵빛의 비공기에 대항하듯 한줄기 청명한 기운이 흘러나왔다.

그리고 적운비가 눈을 떴을 때 그의 두 눈은 신비로운 백광을 번뜩이고 있었다. 태극혜검의 공능 중 한 가지인 연풍여원기(軟風如元氣)를 극대화시키는 과정이었다. 그러나 더없이 자연스러워야할 자연지기의 흐름은 고통을 동반했다.

"끄으으윽!"

꽉 다문 입술 사이로 흘러나온 신음.

적운비는 자연스럽게 주변으로 퍼지는 연풍여원기를 강제로 응집시키고 있었다.

왼손에 맺힌 백광이 짙어질수록 고통은 배가 됐다.

잠시 후 적운비는 왼손으로 오른팔을 움켜쥐었다.

연풍여원기를 강제로 오른팔에 주입하려는 것이다.

활력으로 드러나는 연풍여원기의 치유력.

그것이라면 잠시나마 부러지고, 어긋난 오른팔이 제 모습을 찾으리라.

우두둑—

고통과 통증은 감각이 돌아왔음을 증명한다.

적운비는 고통스러운 와중에도 양손을 휘돌려 거대한 원을 만들었다.

'막는다!'

이제는 조금씩 마음에 와 닿기 시작했다.

하늘이 자신에게 혜검을 허락한 것은 단순하게 무당파를 부흥시키기 위함이 아니었다. 하늘은 비공기를 허락하지 않고, 자연지기가 자연지기로 남을 수 있도록 혜검을 허락한 것이다.

천명(天命).

적운비는 고통 속에서도 공파산을 내질렀다.

흑천의 비공기는 하늘을 덮을 것처럼 뻗어나가기 일보직 전이었다.

공파산의 기운이 비공기를 감싼다.

그리고 이내 공파산의 내부에서 비공기의 폭발을 감지했 다.

세상은 달라지지 않았다.

비공기가 좀 먹고 변질시킨 공간은 여전했고, 혈사로 인해 잔해도 사방에 가득했다.

대신 비공기는 더 이상 느껴지지 않았다.

적운비는 그제야 나직이 한숨을 내쉬었다.

기의 흐름으로 느꼈을 때 비공기가 변질시킨 공간의 크기는 엄청났다. 하나 천하를 대상으로 한다면 바다에 돌을 던졌을 정도에 불과했다. 그러니 시간이 흐르면 자연스레 이곳은 원래의 모습을 되찾을 것이다.

"내가 뒤처리까지 할 급은 아니잖아?"

적운비는 입꼬리를 올리며 혼잣말을 중얼거렸다. 그리고 균형을 잃고 앞으로 꼬꾸라졌다.

*　　　*　　　*

간간히 느껴지는 작은 진동에 정신이 들었다.

처음 생각나는 것은 정신을 잃기 전 읽고 있던 서책의 문구였다. 그것을 시작으로 감각이 하나씩 깨어나기 시작했다.

제갈소소는 정신이 돌아왔음에도 눈을 감은 채 생각에 잠겼다.

'움직이는 건가?'

누가 데리고 가는 건지, 어디로 가는 건지는 궁금하지 않았다. 흑백쌍천이 데리고 갈 것이고, 황궁으로 향할 것이 자명하지 않은가.

'편히 쉬는 것이 마지막인가? 기왕 마지막이라면 꿈에서라도 봤으면 했는데…….'

한데 잠시 후 들려온 쾌활한 목소리로 인해 눈매를 찡그리지 않을 수가 없었다.

"아무 문제없습니다. 의원 말로는 예전보다 더 건강해졌다고 하던걸요? 하하하!"

흑백쌍천의 목소리가 아니다. 그렇다고 황궁의 관리처럼 여기지지도 않았다. 자신과 또래로 보이는 소년의 목소리에는 호기심이 생기지 않을 수가 없었다. 그러고 보니 흑백쌍천에게서 흘러나오던 음습함도 느껴지지 않았다.

변고라도 생긴 것일까?

제갈소소는 이불 속에서 자신의 매무새를 점검했다.

정신을 잃기 전과 같았다.

그녀는 가전무공을 펼칠 각오까지 하며 천천히 눈을 떴다. 마차의 천장이 보였고, 진한 약 향이 전해졌다. 그리고 소년의 목소리가 그녀를 반겼다.

"일어나셨군요!"

시원시원한 인상의 소년이 제갈소소를 맞이했다.

"너는 누구지?"

제갈소소는 자신에게 사용된 것으로 보이는 대침을 쥐고 있는 상태였다. 소년은 제갈소소의 매서운 눈빛과 날카로운 대침을 보고도 미소를 잃지 않았다.

그저 제갈소소의 어깨 너머를 가리킬 뿐이었다.

"아!"

제갈소소가 소년의 손 끝을 따라가기도 전이었다.

그녀의 옆구리로 파고드는 손길이 있었다.

너무나 익숙해서 꿈에서조차 잊지 못했던 그 느낌.

아니나 다를까 그녀가 기다렸던 목소리가 들려왔다.

"다행이다."

남궁신의 음성에는 물기가 가득했다.

제갈소소라고 해도 이런 상황에서는 감정을 추스르는 것이 쉽지 않았다. 남궁신과의 이별은 각오한 바였다. 이름도

모르는 자에게 팔려가는 것으로 그를 지키려고 나선 길이
아닌가.

'절대 찾지 말라고 서찰까지 남겼는데…….'

"다행이야."

제갈소소는 남궁신의 목소리를 음미하며 허리춤을 감싼
그의 손을 매만졌다. 그러나 그녀는 구출됐다고 해서 사랑
에 빠진 여인의 행세를 할 생각은 전무했다.

"잠시만요. 이럴 때가 아닙니다."

그녀는 남궁신의 손을 풀고 돌아앉았다.

그리고 황급히 전후사정을 물었다.

남궁신은 단도제에게 그 역할을 맡겼다.

"제가 말씀드리지요."

단도제는 기다렸다는 듯이 입을 열었다.

수많은 정보가 술술 쏟아져 나왔지만, 조금의 머뭇거림
도 없었다. 제갈소소 또한 단도제의 말을 귀담아들을 뿐 별
다른 의문을 제기하지 않았다.

그렇게 일각 정도 일방적인 대화가 이어진 후였다.

"이제는 천룡맹주와 양립할 수 없군요. 단판을 짓는 것
밖에 남지 않았네요."

제갈소소의 나직한 한 마디.

단도제는 그것만으로도 감탄하지 않을 수가 없었다.

적운비가 얼마나 강한지, 남궁세가가 명운을 걸 가치가 있는지에 대해서는 묻지 않는다.

이마 엎질러진 물이 아니던가.

그녀는 잠깐 동안 혼자만의 시간을 가진 후 단도제와 대화를 이어갔다. 마치 처음부터 함께 계획을 짜고, 준비했던 사람처럼 자연스럽게 말이다.

그 모습에 단도제는 다시 한 번 감탄을 금치 못했다. 하나 겉으로 드러난 표정과 달리 속으로는 하나의 결정을 내린 후였다.

'머리는 비슷한데, 심적으로 차이가 크구나. 언니는 사감(私感)이 너무 짙고, 동생은 감정이 너무 메말랐어. 역시 처음 생각대로 언니 쪽이 낫겠구나.'

제갈소소는 단도제의 미세한 표정 변화를 놓치지 않았다. 하나 모른 체하며 적운비의 행방을 물었다.

"그는 얼마나 다쳤지요?"

"글쎄요."

단도제는 묘한 표정을 지은 채 고개를 흔들었다.

이번에는 제갈소소도 모른 척하지 않았다.

남궁신의 표정을 보아하니 단도제의 말에는 거짓이 없을 터였다. 하나 눈으로 직접 보는 것과 전해 듣는 것의 차이를 그녀가 모를 리 없었다. 그것도 아군인지 아닌지 미심쩍은 상대의 정보라면 더더욱 그럴 터였다.

"총선주께서 이미 천룡대회의를 소집하기 위해서 밑작업에 들어갔을 겁니다."

"장로원이 맹주를 몰아내는 것에 손을 보탤 리가 없잖아요. 단 공자도 아시다시피 이번 일은 황궁이 개입하기 전에 마무리하는 것이 관건입니다. 총선주에게 과연 천룡대회의를 소집할 수 있을까요?"

계획의 수정과 보완을 위한 대화가 계속됐다.

하나 제갈소소는 속으로 갈등하고 있었다.

적운비의 존재는 계획의 핵심이다.

강한 무력과 더불어 전설로 남은 천위의 부활.

명분과 무력을 갖춘 셈이다.

'적운비의 부상 정도가 문제인데……'

천하 정세는 혼란스러웠고, 강호 곳곳에서 혈운이 감돌고 있었다. 황궁과 북왕은 등을 진지 오래였고, 사태천 또한 이제는 평화를 논할 수 없게 되었다.

태상의 뛰어난 능력도 두렵지만, 오랜 세월 일궈 놓은 세력 또한 무시할 수 없었다.

'과연 태상이 순순히 물러날까?'

아닐 것이다. 태상은 자신의 것을 놓지 않는다.

혈육조차도 쓰임새가 있다고 믿는 자가 아니던가.

그렇기에 적운비가 더더욱 필요했다.

솔직한 마음으로는 지금이라도 무당과 갈라서고 싶었다. 남궁세가를 위해서, 남궁신을 위해서라면 영혼까지 팔겠다는 각오를 하지 않았던가.

제갈소소는 슬며시 고개를 돌렸다.

남궁신은 두 사람의 대화에서 한 걸음을 물러난 채 운기조식을 하고 있었다.

'하지만 당신은 용납하지 않겠지요.'

제갈소소는 단도제를 향해 다시 한 번 말했다.

"천위를 만나야겠어요."

단도제는 단호하게 고개를 내저었다.

"불가합니다."

                    *   *   *

적운비는 깊은 잠에 빠져 있었다.

어느덧 정신을 차리고 보니 주변이 어둑하다.

그러나 낯설지 않았다.

어린 시절 세상의 전부라 여겼던 서고.

그곳에 누워 있었다.

십수 년이 흘렀어도 서고의 구조는 달라지지 않았다. 심지어 퀴퀴한 냄새까지 그대로였다.

몸을 일으키니 시선이 따라붙는다.

감시자의 존재는 공공연한 비밀이었다.

자신을 압박하기 위해서였으리라.

한데 어린 시절에서는 알지 못했던 많은 것이 오감을 자극한다. 천장과 벽 너머에서 전해지는 기척과 숨소리, 그리고 피부를 간질이는 예기까지 느껴졌다.

두려웠다.

저들의 눈빛에 닿을 때마다 소름이 돋았었다.

그러나 지금은 개의치 않았다.

걸음을 옮겨 굳게 닫혀 있던 서고의 문을 열었다.

빛이 들이쳤지만, 감시자들은 나서지 못했다.

이미 적운비의 의지로 발현된 혜검의 기운이 서고 전체를 휘감은 후였다.

적운비는 감시자들을 뒤로 한 채 밖으로 나섰다.

눈앞에 펼쳐진 광경은 예전과 비교했을 때 조금도 달라지지 않았다. 자신을 손가락하고, 역귀 취급하던 사람들만 없어졌을 뿐이었다.

자유롭게 경내를 돌아다녔다.

그가 마지막으로 향한 곳은 내원의 경계였다.

높다란 벽 아래에는 햇빛조차 스며들지 못한다.

그러나 청석 사이에 핀 한 송이의 꽃은 힘겨우나마 삶을 이어가고 있었다.

어린 시절 창 너머로 보았던 기억이 떠올랐다.

그것을 처음으로 만지게 된 것이다.

적운비는 쓴웃음과 함께 꽃을 매만졌다.

"이게 현실일리 없잖아. 그저 기억일 뿐……."

그 순간 세상은 눈이 내린 것처럼 하얗게 변했다.

그리고 어느새 적운비의 앞에는 수십 갈래의 길이 방사형(放射形)으로 끝없이 펼쳐져 있었다.

적운비는 아무것도 없는 빈 공간을 향해 나직이 읊조렸다.

"천의는 조화를 궁구하지만, 그로 인해 스스로를 희생하는 것 또한 천의가 아닌가요. 나 역시 조화를 궁구하지만, 조화를 위하여 희생할 각오가 되어 있습니다. 이것이 태극을 논하는 제 자세이며 결코 변할 수 없는 뿌리와도 같은 것입니다."

솨아아아아―

그 순간 일진광풍이 몰아치며 새하얀 세상을 걷어냈다. 그리고 그 비어버린 공간은 찬란한 광휘가 집어삼켰다.

빛줄기를 따라 기쁨 가득한 한 마디가 스며들었다.

"기혈이 제 자리를 찾았구나!"

"그러면, 그러면 괜찮은 것입니까?"

나직한 한숨 후 노인의 목소리가 이어졌다.

"양의심공을 익혔기에 그만큼 반발력이 컸어. 이제는 이 녀석이 스스로 털고 일어나길 기다리는 수밖에 없겠구나."

적운비는 심상에서 조금씩 현실로 돌아왔다.

사부인 이학인과 벽공진인의 목소리는 심산유곡에서 발견한 불빛과도 같았다.

그리고 적운비가 눈을 떴을 때 두 사람은 화색을 띠며 다가와 앉았다.

"괜찮느냐?"

"나를, 나를 알아보겠느냐?"

적운비는 빙긋 웃으며 두 사람의 손등을 쓰다듬었다. 그러고는 힘없는 목소리로 물었다.

"제가 얼마나 누워 있었던 겁니까?"

"삼 일 정도 되었을 것이다."

이학인의 말에 적운비는 미간을 찡그렸다.

자신이 누워 있는 곳은 현현전이다.

즉 무당파 경내란 뜻이다.

'적연산장에서 일을 처리하고 바로 천룡맹을 몰아쳐야 하는데……'

이학인은 적운비의 심경을 눈치챘는지 나직이 말을 이었다.

"단 공자가 네게 전언을 남겼다."

"도제가요? 뭐라고 하던가요?"

"허험, 입에 담기 뭐하다만…… 싸가지와 의기투합을 했으니 걱정 말고 푹 쉬라고 하더라."

제갈소소와 단도제가 만났다면 믿을 만하다.

거기에 천룡맹에서는 제갈수련이 따로 일을 꾸미고 있지 않은가. 제아무리 태상이라고 해도 안팎으로 대비하는 일은 그리 쉽지 않을 게다.

그럼에도 불구하고 적운비는 마음 편히 누워 있을 수가 없었다. 흑천을 막기 위해 양의심공을 무리하게 폭주시켜야 했다. 비록 흑천은 막을 수 있었지만, 폭주의 폐해까지 막을 수는 없었다.

그런 자신을 부축한 것이 바로 검총주였다.

그는 자신이 정신을 잃기 전 천지사방문의 정체를 알려주었다. 아니 이제 천문주(天門主)밖에 남지 않았으니 그의 정체를 알려준 것이라 해야 옳을 게다.

검총주의 존재도 놀라웠지만, 천문주의 존재는 가히 경악을 금치 못했을 정도였다.

도대체 그런 사람이 왜?

"크흑!"

적운비가 몸을 일으키자, 이학인은 천천히 다가와 어깨를 빌려 주었다.

"이미 무당과 남궁을 비롯해 절강의 동해팔문까지 천룡맹에 집결했다. 천룡대회의를 열고 맹주의 비위 (非違)를 성토하기 위해서 말이다."

적운비의 미간이 더욱 일그러졌다.

"무격 사백께서 가셨습니까?"

이학인은 고개를 내저었다.

"천룡맹의 사활이 걸린 일이잖느냐. 외천삼호에서 벽천 사백께서 나오셨다. 하여 장문사형이 모시고 떠났느니라. 지금 무당은 무격사형과 북두칠협이 남았다."

적운비의 얼굴에 그늘이 드리워졌다.

장문인과 벽천진인, 그리고 진무십팔검진까지 함께 했다면 문파의 절반 이상이 길을 떠난 게다.

하지만 그럼에도 불구하고 불안하기 그지없었다.

검총주의 말이 사실이라면 천룡맹은 태상이 만들어놓은 거대한 함정이라고 보아도 무방했다.

무당파, 남궁세가, 동해팔문, 그 외의 중소방파.

이들이 모두 태상의 함정에 빠진다면 향후 강동 무림은 제갈씨의 손에서 헤어 나오지 못하리라.

적운비가 깊은 상념에 빠져 있을 때 이학인은 두 가지 물건을 내놓았다.

하나는 황지에 쌓인 단환이었고, 다른 것은 짙은 남색의 무복이었다.

"이것은……."

이학인이 빙긋 웃으며 말했다.

"벽천사백과 사부님께서 은거하시는 동안 만든 것이다. 무당이 새로 시작한다는 의미로 진무환이라 이름 붙이셨다. 너를 위해 준비한 것이니 먹거라."

적운비는 단환을 입에 넣고 짧게나마 운기조식을 했다.

"하아……."

잠시 후 적운비의 몸은 불길에 휩싸인 것처럼 새빨갛게 달아올랐다. 그러고는 이내 빙굴에 빠진 사람처럼 시퍼렇게 얼어붙기 시작했다.

몇 번의 과정을 거치자 적운비의 표정에 온화함이 자리 잡았다.

음양의 기운이 제자리를 찾은 것이다.

적운비는 한결 밝아진 표정으로 혀를 내둘렀다.

"음기와 양기를 고루 보충하니 이것이야말로 무당제자들에게 반드시 필요한 약재일 것입니다."

"맞다. 두 분 어른께서 후대를 위해 조재하신 것이다. 아직 몇 단계를 더 거쳐야겠지만, 완성된다면 소림의 대환단에 뒤지지 않을 것이야.”

“한데 이것은 웬 무복입니까?”

이학인은 대답 대신 무복을 펼쳤다.

“어디서 본 듯하지 않느냐?”

적운비는 잠시 고개를 갸웃거리다가 이내 두 눈을 휘둥그레 떴다.

“이것은!”

“그래, 검천위 천학진인께서 입으셨던 복장이다. 현현전의 서책을 통해 대대로 천위의 자리에 앉았던 검천위와 도천위의 복장을 복원해 보았다.”

적운비는 이학인이 건넨 무복을 걸쳤다.

몸에 꼭 맞는다.

피가 튀어도 태가 나지 않는 짙은 남색의 무복.

옷깃과 소매에만 붉은 소나무 자수와 적송이라는 두 글자가 새겨져 있었다.

“다녀오너라.”

이학인은 현현전의 입구에서 적운비를 배웅했다.

적운비는 두 손을 모아 예를 표한 후 한 마디를 남겼다.

“천룡맹을 시작으로 그 어느 곳도 무당을 무시하지 못할 것입니다.”

이학인은 환하게 웃으며 고개를 끄덕였다.

"무사히만 다녀오너라."

적운비의 밝았던 표정은 무당파의 산문을 지나자마자 얼음처럼 굳어버렸다. 여전히 뇌리에서 떠나지 않는 천문주의 정체가 그 원인이었다.

결국 치미는 분노를 이기지 못하고 이를 갈았다.

'태상이 그들과 손을 잡았다면 이번 계획은 처음부터 다시 시작해야 할지도 몰라!'

第二章

천룡맹 탈환작전
반(反)

천룡대회의는 천룡맹 최상위 의결기관이다.

맹주라고 해도 좌지우지하는 것이 불가능했고, 심지어 소집조차 정해진 규율에 따라야 했다.

그리고 정해진 규율에 의해 천룡대회의의 소집이 결정됐다.

"하루 남았네."

제갈수련은 나직이 읊조렸다.

그녀는 장로들을 포섭하여 천룡대회의를 소집한 당사자였다. 이미 천룡맹 내부에서는 제갈수련을 차기 맹주감으로 여기고 있었다. 태상이 황궁과 연계하여 큰 그림을 그리는 동안 착실히 장로들을 구워삶은 덕분이었다.

그러나 천룡대회의를 하루 앞둔 그녀의 표정에서 기쁨을 찾기란 요원했다. 되려 간간히 침음을 흘릴 뿐 근심 어린 표정이 가득했다.

"언니, 왜 그래요?"

맞은편에 앉아 있던 제갈소소의 표정도 덩달아 어두워졌다.

"이대로면 하야는 기정사실이야. 그런데 너무 조용하잖아. 태상이 이대로 당할 리가 없는데……."

제갈소소는 어깨를 으쓱거렸다.

"도령산군 후초량이 중도로 돌아섰잖아요. 적연철방이 폭발하면서 적도산장의 무인들까지 기백이 죽었어요. 제아무리 태상이라고 해도 가진 패가 없으면 쥐 죽은 듯 납작 엎드릴 수밖에요."

제갈수련은 침음을 삼켰다.

이미 대검백을 통해 천지사방문주 중 동문주가 적도산장의 전대문주임을 파악한 상태였다. 황궁과의 연결고리인 적도산장이 돌아섰으니 태상으로서는 큰 난관에 봉착한 것이나 다름없었다.

그러나 태상의 움직임이 잠잠할수록 불안한 마음이 커지는 것은 막을 수가 없었다.

"상리존자를 아시나요?"

제갈수련은 창틀에 고개를 얹은 채 바깥풍경을 응시하고 있는 단도제에게 물었다.

"글쎄요."

대검백은 제갈수련에게 천지사방문의 정체를 밝혔다. 하나 천지사방문의 천문주는 이름을 알려주는 것이 고작이었다.

상리존자(上理尊者).

정보력으로는 천하에 손꼽히는 제갈세가의 정보망으로도 정체를 밝히는 것이 불가능했다. 단도제까지 고개를 내저었으니 그야말로 구름 속의 존재라고 해도 과언이 아닐 정도였다.

"지문주가 검총주였어요. 천문주라면 더 대단한 사람이 나타나도 이상하지 않을 거예요."

단도제는 심드렁한 표정으로 말했다.

"이미 한 사람으로 대국을 뒤집는 건 불가능해요. 그런데 저도 총선주처럼 영 마음이 편치 않네요."

"상리존자라면 불가의 무인일까요?"

존자(尊者)라는 표현 자체가 불가의 제자를 뜻하니 제갈소소의 말은 일견 타당했다.

"설령 그렇다고 해도 달라지는 건 없어."

단도제가 다가와 앉았다.

"다시 한 번 정리해 보지요. 총선주께서 포섭한 숫자가 칠 할이라고 들었습니다. 표결에 부치면 승리는 당연합니다. 문제는 태상이 순응하느냐인데……."

제갈수련과 제갈소소는 동시에 고개를 내저었다.

"그럴 리 없어요."

"태상은 무림도독부의 부도독을 내정받았고, 북방의 군권까지 어느 정도 손아귀에 넣었어요. 하지만 결코 천룡맹을 그냥 내어줄 리가 없어요."

"두 분 소저께서 등을 돌렸으니 천룡맹을 물려준다면 제갈치광 밖에 없습니다. 한데 일전의 사건으로 인해 아직도 누워 있는 상황이 아닙니까. 아무리 태상의 권위가 높다한들 앓아누운 병자를 맹주로 세우는 것은 불가능해요."

단도제가 단호하게 얘기했지만, 자매는 여전히 미심쩍은가 보다.

"그것보다 제가 천룡맹 내규를 살피다가 이상한 부분을 찾았습니다."

"뭔데요?"

"천룡대회의의 표결을 뒤집을 수 있는 방안이 있어요."

제갈수련은 놀란 기색을 보이지 않았다.

"천룡십부를 말씀하시는 건가요?"

단도제는 눈을 가늘게 뜬 채 고개를 끄덕였다.

"알고 계셨나요?"

"당연하지요. 천룡맹 창설 당시 주축이 됐던 문파의 표결이라면 천룡대회의보다 높게 쳐줄 수밖에 없지요."

제갈수련은 별것 아니라는 듯 대꾸했다.

"한데 천룡십부 중 제대로 목소리를 낼만한 곳은 그리 많지 않아요. 남궁세가와 제갈세가, 그리고 무당파와 보타암이 전부지요."

"다른 곳은 어디입니까?"

단도제의 물음에 제갈수련은 등 뒤의 서가에서 얇은 책자를 꺼냈다.

"직접 확인해 보세요."

천룡십부(天龍十部)는 천룡맹 창설 당시 주축이 되었던 열 개의 문파를 뜻했다.

"남궁세가, 제갈세가, 무당파, 보타암, 소림사, 화염궁, 철권문, 청해십자방, 대학총원, 천선문이군요."

제갈수련이 말을 받았다.

"그중 철권문은 여러 문파로 갈라졌고, 보타암과 소림사는 봉문했어요. 또한 화염궁과 청해십자방, 천선문, 대학총원은 모두 멸문하거나, 역사 속으로 사라졌지요."

"총선주의 말투를 보니 이미 복안이 있으신가봅니다?"

"법규에 정해져 있다면 대비하는 것이 당연하지요. 이미 우리는 남궁세가와 무당파, 보타암과 철권문, 그리고 대학 총원의 명패를 확보했어요."

단도제는 눈을 휘둥그레 떴다.

"그게 사실입니까?"

제갈소소는 빙긋 웃으며 말했다.

"보타암에서 탈출한 봉 소협이 명패를 전했어요. 철권문의 명패는 천룡학관의 서문벽 무교에게 받았어요."

"대학총원은요? 한때 강남 최고의 서원이었지만, 왕조가 바뀌는 과정에서 몰락하지 않았습니까?"

"천룡학관의 이현 관주가 총원의 전인이었어요. 모두 적 소협, 아니 적 대협을 믿고 명패를 건네주었습니다."

단도제는 고개를 끄덕이며 수긍했다.

"열 중 다섯을 얻었군요."

제갈수련의 입가에 처음으로 미소가 드리워졌다.

"태상이 확보한 것은 제갈세가와 화염궁이 전부랍니다. 청해십자방과 천선문은 멸문한지 오래예요. 그리고 설령 태상이 그들의 명패를 얻었다고 해도 소림이에요. 왕조가 바뀌면서 속세와 연을 끊고 단 한 번도 하산하지 않았지요."

단도제는 제갈수련의 확신 가득한 답변에도 쉽사리 표정

을 풀지 않았다. 그의 시선은 천룡십부에 관한 내용에서 떨어질 줄을 몰랐다.

'표결이 동수를 이루면 논검으로 답을 낸다니……'

말이 좋아 논검이지, 비무를 뜻하는 것이리라.

천룡맹의 뿌리가 정파이기는 하지만, 강호인들의 모임이라는 것은 부인할 수 없는 사실이었다.

그 순간 제갈소소의 가설이 뇌리를 스쳤다.

천지사방문의 천문주, 상리존자의 정체에 관해서였다.

'아니겠지. 아닐 거야. 아니어야 해.'

이미 하남성 전체에 가용할 수 있는 최대한의 정보원들을 뿌려놓은 상태가 아닌가. 소림사가 위치한 숭산에서 전해 온 정보는 단 한 건도 없었다.

단도제는 애써 부정하며 천룡십부를 기억 속 한구석으로 밀어냈다.

*　　　*　　　*

회의장에 하나둘씩 장로들이 모여들었다.

이미 제갈수련에게 적당한 이권을 약속받은 상태가 아닌가. 그럼에도 불구하고 그들의 표정은 어둡기만 했다. 그들은 눈을 지그시 감은 채 간간히 헛기침을 토해 내는 것이 전부였다.

하지만 회의장에 모인 모든 이들은 눈치채고 있었다. 모두의 시선은 상석에 앉은 태상에 꽂혀 있음을 말이다.

오랜만에 모습을 드러낸 태상의 표정도 어두운 것은 매한가지였다. 노환으로 인해 판단력이 흐려졌다는 소문이 사실인 것처럼 초췌하기 그지없었다.

그 모습에 장로들은 시간이 흐를수록 마음을 놓기 시작했다. 그리고 자신의 선택은 틀리지 않았음에 내심 만족스러워했다.

"회의를 시작하겠습니다. 오늘 안건은 총선주가 상정한 것으로……."

회주의 연설과 함께 천룡대회의가 시작됐다.

이미 말을 맞춰놓은 상태였다.

태상은 회의가 진행될수록 손을 모은 채 고개를 숙였다. 한데 그 모습은 좌절한 사람이라기보다 낮잠을 자려는 것처럼 편안해 보였다

"자! 그럼 거수로 결정하겠습니다."

회주의 선언과 동시에 장내에는 침묵이 맴돌았다.

왠지 모르게 여유로운 태상의 행동이 불안했던 것이다. 하지만 제갈수련의 보이지 않는 압박으로 인해 장로들은 하나둘씩 거수했다.

그 숫자가 과반수를 넘어갈 즈음이었다.

태상의 뒤를 지키던 염라가 헛기침을 했다.

생사패의 두뇌에서 배신자가 된 그가 아닌가. 한데 새로 갈아탄 배가 침몰 위기에 처했음에도 그는 담담한 표정을 짓고 있었다.

"잠시 드릴 말씀이 있습니다. 천룡대회의의 결론은 인정합니다. 한데 천룡맹 법규에 따르면 천룡십부에 관한 내용이 있더군요."

장로들이 서로를 쳐다보며 의아한 표정을 지었다.

권력과 이익에 목마른 자들이니 천룡맹의 법규를 제대로 살펴본 이가 있을 리 만무했다.

제갈수련은 분위기가 흐트러지기 전에 염라의 말을 끊고 나섰다.

"우리 쪽에 다섯이 있어요."

자신만만한 그녀의 한 마디에 대답 대신 행동이 이어졌다.

잠자코 있던 태상이 소매를 털어 냈다.

촤르륵.

비상하는 용이 음각된 묵빛의 명패가 다섯.

제갈수련은 눈을 부릅떴다

"공교롭게도 우리도 다섯이구나."

태상이 회의장에 들어선 후 처음으로 내뱉은 한 마디였다.

장로들은 영문 모를 표정을 지을 뿐이다.

하나 제갈수련은 쇠망치에 얻어맞은 사람처럼 말을 잇지 못했다.

'어떻게 다섯 개를……'

제갈세가와 화염궁의 명패는 예상했던 바였다.

하나 청해십자방과 천선문의 명패는 어디서 구했는지 짐작조차 할 수 없었다. 아니 태상이라면 어떻게 해서든 원하는 것을 얻어냈으리라.

그래도 저건 아니지 않는가.

다른 건 몰라도 소림은 태상에게 없어야 했다.

소림(少林)은 불가의 정종이며 무당과 더불어 가장 오랜 역사를 자랑하는 무림의 태산북두다.

어째서? 왕조가 바뀌는 과정에서 스스로 문을 걸어 잠근 소림이 이런 상황에서 나타난단 말인가.

그 순간 염라가 태상에게 말했다.

"오셨습니다."

회의장의 모든 이들이 들을 수 있을 정도의 목소리였다. 그리고 기다렸다는 듯이 회의장의 문이 열렸다. 본래 회의 중에는 장로라 하여도 출입이 불가했다. 한데 그런 규칙이

우스울 정도로 쉽게 문이 열린 것이다.

장로들은 분개하는 대신 태상과 제갈수련의 눈치를 봤다. 지금껏 그들이 얼마나 태상에게 시달려왔는지를 드러내는 광경이었다.

"이게 뭐하는 짓입니까?"

제갈수련의 일갈에 태상은 표정 한 점 변하지 않았다. 그러다가 천천히 몸을 일으키더니 만면에 미소를 짓는 것이 아닌가.

"오래 기다리셨습니다."

전대 맹주를 맞이할 때나 보이던 가식적인 미소.

그러나 맹주가 된 이후에는 단 한 번도 보이지 않았던 표정이었다.

'상리존자!'

대검백조차 함부로 대할 수 없다던 존재.

상리존자의 정체가 궁금한 것은 당연했다.

제갈수련이 고개를 돌렸을 때 문가에 서 있던 사내가 천천히 모습을 드러냈다.

방갓을 쓴 사내는 나이를 짐작하기 어려웠다.

게다가 피풍의를 걸친 탓에 복장조차 가려진 상태였다.

"당신 여기가 어디인 줄 알고……."

제갈수련은 말을 끝내지 못했다.

사내가 먼지가 잔뜩 묻은 피풍의를 벗었기 때문이다. 잿빛 승복에 붉은 가사가 그의 소속을 어림잡아 짐작케한다. 그리고 사내가 방갓을 벗었을 때 회의장의 모든 사람들은 경악을 금치 못했다.

"젊은 처자가 말이 짧구려."

노인이라는 것을 제외하면 촌부와 별다를 것이 없다. 다만 머리카락은 손가락 한 마디가 될 정도로 짧았다. 한데 그 사이로 비치는 것은 분명 수계를 받고 찍힌 계인이 아닌가. 그 수가 열둘이니 한 때 불가의 정점에 섰던 자가 분명했다.

자연스레 소림사라는 세 글자가 떠올랐다.

노인, 아니 상리존자는 심중을 알 수 없을 정도로 묘한 표정으로 입꼬리를 올렸다.

"이보게, 내가 무엇을 하면 되는 건가?"

태상은 상리존자의 하대에 고개를 숙이는 것으로 답했다.

"손에 쥐시면 됩니다."

상리존자의 미소가 짙어졌다.

그리고 태상의 말이 이어졌을 때 제갈수련은 벼락이라도 맞은 사람처럼 전신을 부르르 떨었다.

"천룡맹을."

　　　　*　　　*　　　*

　천룡대회의를 통해 태상을 몰아내려고 계획하면서 내심 찜찜했던 부분이 없지 않았다.

　그중 태상의 이유 모를 여유로움이 가장 의아했다.

　그래서인지 오히려 사소한 부분을 놓쳤다.

　바로 황궁의 반응이었다.

　황궁의 무인이 적연철방에서 죽었다.

　주화입마로 인한 폭사였단다. 하지만 황궁이 어디 원인을 따지는 곳이던가. 그들은 황궁무인의 죽음에 수치스러워했을 것이고, 후궁으로 받았어야 할 여인을 놓친 것에 분노했을 것이다.

　한데 황궁은 움직이지 않았다.

　혹자는 황궁이 움직이지 않는 이유를 북방의 왕에게서 찾았다. 그러나 아무리 북방의 왕과 대립하는 상태라고 해도 천룡맹을 옥죄지 못할 이유가 없다.

　하다못해 하남성의 승선포정사사나 도지휘사사만 움직여도 천룡맹은 납작 엎드려야 했다.

　하나 황궁은 움직이지 않았다.

　지자(智者)라면 그 원인을 찾으려 노력했어야 했다.

제갈수련은 피가 맺힐 정도로 주먹을 움켜쥔 채 분기를 억눌렀다.

'태상이 막았구나!'

이제는 태상의 목적이 일목요연하게 드러났다.

태상은 무림도독부에 들어 황실의 녹을 먹을지언정 천룡 맹을 바칠 생각은 전무했다. 그렇기에 자신을 차기 천룡맹 주로 키우지 않았던가. 그리고 이제 태상은 자신을 대신해 상리존자를 천룡맹주로 밀려는 것이 분명했다.

소림사라는 배경을 무기로 말이다.

추악하다 못해 소름이 끼칠 정도였다.

태상은 상리존자가 나타나기 전처럼 손을 모은 채 고개를 숙였다.

상리존자는 제집에 들어온 것처럼 느긋하게 발을 내디뎠 다.

장로들의 표정은 점점 일그러졌다.

상리존자의 보보(步步)마다 엄청난 거력이 퍼져 나왔다. 이내 회의장 전체를 휘감고 존재감을 드러냈다.

"태상의 뜻을 모르는 이는 없을 터, 다른 뜻을 지닌 자가 있는가?"

느긋한 한 마디.

하지만 그 누구도 무례라 탓하지 못했다.

오히려 장로들은 그 어느 때보다 빠르게 머리를 굴리며 활로를 찾고 있었다. 태상과 제갈수련은 백중세였다. 그럼에도 불구하고 장로들이 제갈수련의 손을 들어준 이유는 태상이 조만간 북방으로 떠날 것을 알기 때문이다.

한데 태상이 건재한 상태에서 소림 출신으로 보이는 상리존자가 나타났으니 장로들이 혼란스러워하는 것도 당연했다.

"그렇게는 안 돼요!"

제갈수련이 앞으로 나섰다.

그녀는 자신이 가진 모든 것을 걸고 이 자리에 서지 않았던가. 태상을 맹주의 자리에서 끌어내리고, 세가를 바로 세우기 위해서 말이다.

"정체도 밝히지 못하는 자를 맹주로 받드는 멍청이들이 어디 있을까요? 사태천의 한 축인 천룡맹을 너무 쉽게 생각하는군요."

상리존자는 제갈수련의 도발에도 미소를 잃지 않았다.

"저것으로는 안 되는 건가?"

턱짓으로 소림의 명패를 가리켰다.

하나 제갈수련은 여전히 단호하게 고개를 내저었다.

"봉문한 소림의 명패를 어떻게 얻었는지부터 대답해야 할 거야. 천룡맹은 그 어떤 사기꾼과도 함께하지 않는다!"

상리존자의 눈매가 처음으로 꿈틀거렸다.

그는 난감한 듯 가볍게 머리를 쓰다듬었다.

한데 붉은 기운이 넘실거리더니 짧은 머리카락을 한순간에 휘감았다. 그리고 그가 손을 떼었을 때 정수리에는 한 올의 머리카락도 찾을 수가 없었다.

계인을 드러낸 상리존자가 나직이 읊조렸다.

"이제 그대들 중 몇몇은 나를 알아보겠지?"

상리존자의 말처럼 경륜이 깊은 명숙 중 몇몇이 경악하며 외쳤다.

"회각대사!"

제갈수련은 황급히 기억을 뒤지기 시작했다.

소림이 봉문하기 전의 정보라면 충분히 숙지하고 있었다. 그리고 회각대사는 너무도 손쉽게 기억날 만큼 중요한 자였다.

'장경각주!'

회각대사는 소림이 봉문하기 전 불가의 고서와 비급을 모아 놓은 장경각의 각주를 맡았다. 그리고 방장의 사제로 소림에서 손꼽히는 고수였다.

그런 그가 상리존자라는 이름으로 태상과 손을 잡고 이 자리에 나타난 것이다.

"지금 대사는 소림을 대표해서 나선 겁니까?"

제갈수련의 말투가 어쩔 수 없이 공손하게 변했다.

상리존자는 눈을 가늘게 뜬 채 나직이 읊조렸다.

"나는 나로서 존재하나, 나를 존재하게 만드는 것은 소림이라. 나온 곳이 같은데 뜻이 다를 리 없지 않은가?"

두루뭉실한 표현이지만, 불가의 교리를 읊고 있으니 반박하기도 애매했다.

장로들은 서로의 표정을 살폈다.

그들 중 대부분은 이미 마음속으로 결정을 내린 상태였다. 다만 제갈수련이 지켜보고 있으니 최대한 모양새 좋게 편을 갈아탈 요량이었다.

한데 조금 더 현실적인 장로들도 존재했다.

그들은 동시다발적으로 손을 들었다.

"태상께서 품은 뜻이 소림에 닿았으니 대의에 어긋난다고 할 수 없소이다."

장로들은 그것을 시작으로 마치 둑이 무너진 것처럼 너나 할 것 없이 앞 다투어 손을 들었다.

제갈수련의 얼굴이 일그러졌다.

'이러면 안 돼!'

자신이 한 번 더 상리존자를 막아선다면 그것은 곧 논검이라는 미명 하의 비무를 뜻했다. 그렇다고 해서 갑자기 튀어나온 상리존자에게 천룡맹을 넘길 수는 없는 노릇이 아닌가.

'누가 있지? 누구를 내보내야 하지?'

삽시간에 이름 있는 무인 수십여 명이 뇌리를 스쳐 갔다. 하나 소림의 장경각주를 상대로 우위에 설 사람은 적운비를 제외하면 떠오르지 않았다.

그가 없어도 해낼 것이라 자신했다.

모든 준비는 완벽하다 회심의 미소까지 지었다.

하나 지금 이 순간 그가 너무 필요했다.

그럼에도 불구하고 그녀가 깨달은 것은 수치심이 아니라 그리움이었다.

'얼마나 다쳤을까?'

그런 그녀의 귓가에 상리존자의 자신만만한 목소리가 들려왔다.

"모두 그리 말씀하시니 노승도 어찌할 수 없구려. 제자들도 이 미욱한 스승을 돕고자 하니 여러 명숙들에게 소개를 시키고자 하오."

이미 내친걸음이고, 정한 노선이 아닌가.

장로 중 한 명이 과장스러울 정도로 눈을 휘둥그레 뜨며 말했다.

"장경팔부중과 함께 오셨군요."

상리존자는 기분 좋은 미소를 보였다.

제자의 위명은 곧 사부의 명성이기 때문이다.

장경팔부중은 그 이름처럼 상리존자가 장경각주인 회각대사이던 시절 키운 제자들의 별호였다.

모두 소림의 비동을 통과하여 나한의 자격을 갖춘 고수들이었다. 그러니 그들의 등장은 곧 상리존자가 소림과 함께하고 있는 것처럼 여겨지는 계기가 되었다. 이제 망설이던 자들도 황급히 상리존자를 칭송하고 나섰다.

"제자들을 불러 주시게. 부탁 좀 하지."

상리존자의 한 마디에 염라는 기다렸다는 듯이 회의장 밖으로 나섰다.

한데 금방 돌아올 것만 같았던 염라는 상당한 시간이 흘러도 돌아오지 않았다.

장로들이 웅성거리는 사이 상리존자의 미간이 꿈틀거렸다. 다른 사람들은 몰라도 그의 감각에 낯선 기척이 스며들었기 때문이다.

'습격인가?'

하지만 이곳은 천룡맹이 아닌가.

그것도 맹의 중추가 모여 있는 곳이다.

예상불가의 상황은 결코 일어나지 않을 것이다.

그래야만 했다.

하나 낙관하기에는 수십 년간 갈고 닦아온 본능이 경고

음을 토해 낸다.

상리존자는 굳은 표정으로 걸음을 옮겼다.

제갈수련은 황급히 상리존자의 뒤를 따랐다.

사면초가의 상황에서는 작은 변화도 큰 기회가 되는 법이다.

상리존자는 자신의 뒤를 따르는 사람들을 보고도 개의치 않았다.

장경팔부중에 대한 믿음은 물론이고, 어떤 상황에서도 대처할 수 있다는 자신감 때문이었다.

하나 회의장 밖에 나서는 순간 절로 걸음을 느릿해졌다.

장경팔부중(藏經八部衆).

나한승 중에서도 자질과 근골이 뛰어난 제자들만 골라서 가르쳤다. 장경각주라는 자리는 그 정도의 힘을 지니고 있었다.

불법(佛法)을 수호하는 여덟 신(神)의 이름을 붙여줄 정도로 고르고 골라서 키운 제자들이다.

한데 그토록 당당하고 늠름하던 제자들이 어찌 저런 모습을 하고 있단 말인가.

야차는 이름답게 호신공과 보법에서 큰 성취를 보였던 제자다. 한데 그런 그가 양 다리를 부여잡고 신음을 흘려내고 있었다. 그뿐이 아니다. 건달바와 아수라, 가루라를 비롯한 제자들은 이미 피를 토하며 혼절한 후였다.

상리존자의 시선이 쓰러진 제자들을 지나 연무장 건너편에 닿았다.

비슷한 또래로 보이는 청년 둘이 상반된 표정을 짓고 있었다. 남색의 무복을 입은 청년은 관을 쓴 것으로 보아 도가의 제자가 분명했다.

'어린놈의 표정이 어찌 저리도 거만하단 말인가!'

반면 잿빛 경장을 입은 청년은 천룡맹이 처음인지 연방 주변을 두리번거리고 있었다. 어찌 됐든 두 녀석 다 자신을 무시하고 있는 것임에는 분명했다.

상리존자가 아랫배에 힘을 주었다.

이곳은 천룡맹이고, 자신의 뒤에는 맹주가 있지 않은가.

한데 그가 일갈을 내지르려는 순간 절묘하게 끼어드는 목소리가 있었다.

"소림의 파문제자! 회각에게 고한다!"

도가의 제자로 보이는 건방진 녀석의 한 마디였다.

'저놈이 어찌 내 정체를 안단 말인가?'

천룡맹 내에서 자신의 정체를 아는 사람은 고작해야 셋에 불과했다.

태상과 염라, 그리고 검총주다.

대검백이나 화염종이라고 해도 자신의 별호와 무위를 알

뿐 진실된 정체는 알지 못할 터였다.

상리존자는 고개를 돌려 태상을 노려봤다.

하나 태상은 도가의 제자로 보이는 녀석에게 시선을 고정한 채 오만상을 짓고 있었다.

"저놈이 또 내 앞을!"

"저자가 누구요?"

태상은 씹어뱉듯이 한 마디를 내뱉었다.

"무당의 적운비라는 놈이외다."

상리존자가 생소한 이름에 고개를 갸웃거리는 사이 적운비의 말이 이어졌다.

"죄를 지었음에도 추포하지 않았거늘! 속세의 일에 깊이 개입하여 혼란을 자처했으니 불가의 제자로서 어찌 고개를 들 수 있겠는가!"

마치 판관의 호령처럼 꾸짖음이 가득하다

"네놈이 정녕 미친 게로구나. 감히 천룡맹의 중추에서 목소리를 높이다니!"

염라가 뒤늦게 끼어들어 일갈을 내질렀다.

하나 적운비는 표정 한 점 변하지 않은 채 말을 이었다.

"장경각을 관리하면서 비급을 빼돌리고, 심지어 대환단까지 훔쳐 달아났으니 그 죗값을 어찌 치르려는 것인가?"

멀찍이서 상황을 지켜보던 제갈수련은 경악하지 않을 수

가 없었다. 대검백이 말하길 천문주의 정체는 상리존자로 대환단을 먹었다고 하지 않았던가.

'그게 훔친 거라고?'

그녀의 머릿속에서 몇 가지 계획이 빠르게 전개되기 시작했다.

반면 태상은 물벼락을 맞은 사람처럼 황망함을 감추지 못했다. 소림의 출신이라는 것은 알았으나, 저런 과거가 있음은 미처 알지 못했기 때문이다.

"소림도 어쩌지 못한 나다. 네가 그것을 어찌 알았는지는 모르겠으나……."

상리존자의 잿빛 승복이 천천히 부풀어 올랐다.

그리고 회의장을 가득 채웠던 그의 기파가 전방으로 꽂혀 들었다.

쿠쿠쿵!

장경팔부중과의 싸움으로 인해 부서진 청석이 가루가 되었고, 부스러기는 뜨뜻미지근한 훈풍에 실려 사방으로 흩어졌다.

"그렇다고 네깟 놈이 뭘 할 수 있단 말이더냐?"

적운비는 상리존자의 기파를 마주하고 내심 놀람을 감추지 못했다. 검총주의 날카로움과는 다르지만, 그보다 훨씬 위험해 보이는 무게감이 느껴졌기 때문이다.

'과연 태상이 천룡맹을 믿고 맡길 정도구나.'

그러나 이내 입꼬리를 올리며 어깨를 으쓱거렸다.

"내가 안 할 건데?"

상리존자는 건방진 적운비의 행동에도 폭소를 터트렸다.

"크하하하! 설마 이곳의 장로들을 믿는 것이더냐? 아직도 의협과 정의가 살아 있다고 믿는 것이더냐? 천룡맹은 더 이상 정파의 집합체가 아니야. 이제 천룡맹은 나로 인해 강자들의 집합체로 변할 것이다! 그런 나를 누가 감히 막을쏘냐?"

장로들은 누구도 나서지 않았다.

오히려 시선을 피하거나, 딴청을 피울 뿐이다.

한데 연무장 쪽에서 낯선 목소리가 들려왔다.

"할 말 다하셨으면 함께 가시지요."

상리존자가 고개를 돌렸을 때 마주한 것은 시골뜨기로 보이던 청년이었다.

"넌 또 뭐냐?"

청년은 반장을 한 채 나직한 어조로 말했다.

"소승 제석(帝釋)이라 하옵니다."

상리존자는 믿을 수 없다는 듯 전신을 부르르 떨며 읊조렸다.

'어찌 당대에 제석천이…….'

第三章
천룡맹 탈환작전
결(結)

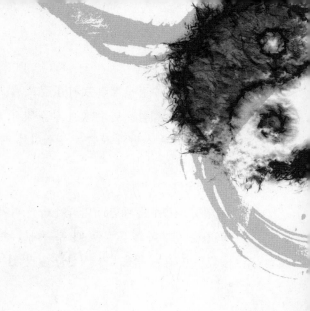

불가의 경전에서 이르길 제석천(帝釋天)은 불법을 수호하고, 부처의 제자를 보호한다. 그렇기에 불가의 조종이라 불리는 소림의 제석(帝釋)이 의미하는 바는 한 가지였다.

수호무승(守護武僧).

무당파의 천위처럼 당대 소림승 중 가장 강한 이에게 부여되는 별칭이었다.

제석은 반장을 풀고, 방갓을 벗었다.

파르라니 깎은 머리를 제외하면 어디서나 볼 수 있는 평범한 인상이었다.

다만 눈동자의 반짝임이 남달랐다.

쳐다볼수록 수렁에 빠질 것처럼 깊고, 무거웠다.

상리존자는 제석을 마주한 채 말을 잇지 못했다.

적운비는 두 사람의 모습을 멀찍이서 지켜보고 안도의 한숨을 내쉬었다.

'다행이다.'

불현듯 검총주에 대한 고마움이 물씬 피어올랐다.

흑천을 상대하고 혼절할 때 부축하던 손길은 검총주였다. 그리고 그는 적운비가 정신을 잃기 전 한 마디를 읊조렸다.

천문주는 소림사에서 비급과 영약을 훔쳐 달아난 자
다. 오래전의 일이니 훔친 영약을 모두 흡수했을 터,
홀로 대적하기란 요원한 일일 것이다.

적운비는 무당산을 내려와 천룡맹이 아닌 소림사로 향했다. 한데 소림사는 봉문한 이후 바깥출입을 금하지 않았던가.

그렇기에 적운비는 정보를 필요로 했다.

저거 연무장 밖에서 눈치를 보고 있는 조상을 활용해야 할 때였다.

＊　　　＊　　　＊

조상의 하루는 좌불안석이었다.

적연철방 사건 이후 천룡맹의 대치 구도는 제갈수련쪽으로 기울었다. 하지만 그것은 높은 사람들의 의견일 뿐 정보를 다루는 조상으로는 그야말로 태풍전야를 맞이한 것만 같았다.

'태상이 이렇게 무너질 리 없지. 황궁이 개입할 때가 지났는데? 도대체 일이 어떻게 진행되는 거야!'

그런 때 하오문에서 사람이 찾아왔다.

적운비가 하산했고, 자신을 필요로 한다는 전언이었다. 적운비의 하산은 분명 호재였다. 하나 자신을 필요로 하는 일은 사소할 리 만무했다. 그와 얽힐수록 자신 역시 위정자들의 시선에 뜨일 것이 자명한 일이었다.

'가기 싫다. 사지로 들어가는 거야!'

하지만 하오문과 적운비에게서 벗어난다고 해서 갈 곳이 있는 것도 아니지 않은가.

결국 적운비의 명령으로 인해 소림사에 대한 정보를 수집했다. 그리고 정파의 명숙 중에서 지금도 소림과 왕래하고 있는 속가제자를 찾아 적운비와의 자리를 만들었다.

두 사람이 대담하는 사이 조상은 다시 부리나케 소림사

주변을 돌며 소문과 정보를 수집해야 했다.

그의 일정은 적운비가 속가제자와 함께 소림사의 정문을 통과하면서야 끝이 났다.

하나 그의 표정은 그리 나쁘지 않았다.

적운비와 소림이라면 최소한 천룡맹 내에서는 두려울 것이 없지 않겠는가. 그렇기에 조상은 누가 청한 것도 아닌데 천룡맹까지 쫓아오게 된 것이다.

'한데 이길 수 있을까?'

상리존자는 누가 봐도 절로 시선을 내리깔 정도로 엄청난 기파를 흘렸다. 반면 제석은 물끄러미 상리존자를 응시할 뿐 자세조차 취하지 않고 있었다. 그렇다고 적운비가 처음처럼 거세게 상리존자를 몰아붙이고 있는 것도 아니었다.

조상이 걱정하는 부분이다.

그가 보았을 때 적운비는 절대 정상이 아니었다.

적연철방 당시 대적했던 상대가 폭사하는 바람에 큰 부상을 입었다고 했다. 그런 그가 며칠 만에 회복하여 돌아다닌다면 의심하는 것이 당연하지 않겠는가.

게다가 평소와 달리 조급함이 엿보였다.

수련제자였던 시절부터 저러한 표정은 단 한 번도 본 적이 없었다. 항상 여유로운 것처럼 보이고, 신경 쓰지 않는 것처럼 보이던 것이 바로 적운비가 아닌가.

'소림승이 쓰러지면 그냥 튀자.'

조상은 허리를 뒤로 쭉 빼고 연무장을 주시했다.

그리고 잠시 후 상리존자가 기습적으로 일장을 내질렀다.

꽈쾅!

* * *

상리존자의 일장이 매섭게 꽂혀 들었다.

하지만 제석은 한 걸음만 움직여서 상리존자의 기파를 흘렸다. 그로 인해 허공을 두들긴 일장은 연무장을 꿰뚫으며 파열음을 쏟아 냈다. 청석 십수 개가 바스러졌고, 그 밑으로는 사람이 두어 명 누울 정도의 구덩이가 패인 상태였다.

제석은 잠시 구덩이를 응시한 후 상리존자를 향해 물었다.

"같이 안가시겠다는 뜻인가요?"

그러나 상리존자는 다른 소리를 했다.

"내 제자들을 저리 만든 것이 네놈이더냐?"

그 순간 몇몇 고수들의 눈빛이 번뜩였다.

상리존자의 목소리가 '네놈'이라 부를 때 잠시나마 떨렸기 때문이다.

제석 또한 그것을 놓칠 리 없다.

하지만 그는 상리존자를 무시하거나, 기회를 노려 밀어붙이지도 않았다. 그저 처음과 다름없는 표정으로 담담히 한 마디를 내뱉을 뿐이었다.

"단전을 깼을 뿐 근골은 멀쩡하니 걱정하지 않으셔도 됩니다."

무인에게 있어서 단전은 생명과도 같지 않은가.

"단전을 깨다니!"

제석은 대수롭지 않게 말을 이었다.

"조사께서 무예를 만드신 것은 불심을 갈고 닦는 동안 버틸 수 있는 육신을 만들기 위함이었습니다. 그러니 불제자에게 필요한 것은 힘이 아니라 불심입니다. 불심을 잃은 저들에게 내공과 단전이 무슨 의미를 주겠습니까?"

상리존자는 구정물을 들이킨 것처럼 얼굴을 구겼다.

장경팔부중에게 하는 말처럼 보이지만, 자신을 겨냥한 꾸짖음이 분명했다.

"흥! 제석천을 만들어 내다니 사형들도 놀고만 있지는 않았군."

"사형이라는 호칭은 어울리지 않습니다. 쫓지 않았다하

여 파문당하지 않은 것은 아니니까요.”

상리존자는 자신의 말에 일일이 대꾸하는 제석을 보며 입꼬리를 올렸다.

‘고지식한 강호초출의 모습이로구나. 아무리 제석이라고 해도 연륜은 뛰어넘지 못할 터!’

“그래서 나를 데리고 가겠다는 것이냐?”

“네.”

“그럼 어디 한 번 해 보려무나!”

제석은 수십 명의 장로들과 수백 명의 무인들을 앞에 두고 거침없이 걸음을 내디뎠다.

소림의 무공이 그러하듯 제석의 기세는 보보마다 무게를 더했다.

상리존자는 내력을 끌어올리고 제석을 기다렸다.

제석천의 무위는 책에서만 보았을 뿐 그 역시 경험한 적이 없었다. 그렇기에 선뜻 선공을 취하기 어려웠던 것이다.

한데 천천히 다가오던 제석의 신형이 한순간 시야에서 사라졌다. 상리존자를 비롯한 몇몇만 겨우 움직임을 인지할 수 있을 정도였다.

세간에 알려진 소림의 무공은 정(靜)으로 동(動)을 추구하지 않던가. 그러나 제석이 보여준 의외성은 거기에서 끝나지 않았다. 제석이 주먹을 내지르는 순간 상리존자는 반

사적으로 팔을 들었다. 그런데 제석은 다시 한 번 허공에서
몸을 감췄다.

쾅!

제석의 진각은 굉음을 동반했다.

산산조각난 청석이 흩날리는 가운데 일권이 먼지구름을
뚫고 꽂혀 들었다.

"흡!"

상리존자의 상체가 훤히 드러났다.

쩡!

하나 제석의 일권은 허공을 두들겼다. 상리존자의 신형
이 물거품처럼 허물어졌기 때문이다.

상리존자는 반격하는 대신 일장이나 떨어진 곳에 모습을
드러냈다. 그것만 보아도 그가 제석의 변칙적인 공세에 얼
마나 놀랐는지 알 수 있었다.

그러나 안심하기에는 일렀다.

펑! 펑! 펑! 펑!

제석의 일권은 허공을 두들긴 것에 끝나지 않았다.

마치 누군가가 내달리면서 허공에 일장을 꽂아 넣는 것
처럼 전방으로 쉼 없이 파공음이 울려 퍼진 것이다.

콰콰쾅!

십여 장 가까이 뻗어나간 권격은 회의장으로 통하는 계

단을 폭발시킨 후에야 사라졌다.

대다수가 머릿속으로 떠올렸던 권법을 누군가 힘겹게 흘려 냈다.

"백보신권!"

백보신권(百步神拳)은 소림무공 중에서는 물론이고, 천하에 손꼽히던 권법이 아닌가.

상리존자는 대경실색하는 와중에도 내력을 끌어올려 제석을 노렸다. 백보신권은 파괴력을 극대화한만큼 그 여파가 적지 않았다.

그러나 상리존자가 미처 공세를 펼치기도 전에 제석의 신형은 다시 한 번 사라졌다.

쉬리릭—

빠르게 몸을 회전시킨다.

그리고 한순간에 사방으로 흩어진다. 그 정도로 빠른 움직임에 착시가 일어날 정도였다.

"감히 잔재주를!"

상리존자는 입매를 꿈틀거리며 사방으로 장력을 퍼트렸다. 제석의 기척은 느낄 수 있으나, 워낙 빠르게 움직이다 보니 아예 경로를 막을 속셈이었다.

그 순간 놀라운 일이 벌어졌다.

터터터터팅!

제석의 잔영이 상리존자의 장력을 모조리 받아친 것이다.

상리존자는 파문당했지만, 수십 년을 소림에서 살아왔다. 그러니 파격에 가까운 제석의 공세가 못마땅하면서도 위협적으로 느껴졌다.

"이놈!"

쩌렁쩌렁하게 울리는 외침과 함께 상리존자의 장력이 더욱 거세가 팔방을 점했다. 나한십팔장을 대성해야 익힐 수 있는 금강천수장이다.

그리고 상리존자는 소림에서도 유일하게 금강천수장(金剛千手掌)을 대성한 존재였다.

지잉!

금빛 장영이 허공을 수놓았다.

마치 호신강기를 넓게 드리운 것처럼 수많은 장영을 쏟아낸 것이다. 장로들은 상리존자가 내력을 수발(受發)하는 모습에 놀람을 감추지 못했다.

그들은 제석이 금세 큰 손해를 볼 것이라 예상했다.

그리고 상리존자의 장영들이 하나로 뭉쳐서 거대한 손이 되었을 때에는 필승을 확신했다.

안목이 좋은 자가 자랑하듯 외쳤다.

"금강신수장!"

멸문한 포달랍궁의 밀종대수인과 더불어 강맹함으로는 천하에 손꼽히는 장법이다. 이미 소림에서는 대성한 자가 없어 사장될 위기에 처한 장법이 아닌가.

막대한 내력으로만 가능한 장법.

그러니 금강신수장(金剛神手掌)은 상리존자가 대환단을 먹었다는 증좌 중 하나였다.

제석이 허공에서 내려섰다.

그의 표정으로 보았을 때 겁을 먹은 것은 아닐 터였다.

"사문을 배신하고, 사리사욕을 취한 결과로군요."

"닥쳐라!"

상리존자는 대갈일성과 함께 일장을 내질렀다.

상대가 겁도 없이 전면에 나섰으니 그야말로 절호의 기회였다. 그렇기에 한 방에 끝낼 생각으로 전력을 쏟아 부었다.

제석의 짙은 눈썹이 역팔자를 그렸다.

"불제자로서 부끄럽지도 않습니까!"

동시에 그의 권강이 다시 한 번 허공을 꿰뚫었다.

'어리석은 놈! 금강신수장은 무적이다. 백보신권으로는 막을 수 없어!'

상리존자가 회심의 미소를 짓는 순간 제석의 권강과 금강신수장이 충돌했다.

쿠쿠쿵!!

금강신수장은 권강을 손쉽게 꿰뚫었다.

하나 뒤이어 들이닥친 강기가 다시 한 번 금강신수장과 맞부딪쳤다. 찰나간 일곱 번의 권강이 금강신수장을 두들겼고, 여덟 번째 권강이 꽂혀드는 순간 상리존자의 얼굴에서 미소가 사라졌다.

쩡!

공격의 금강신수장, 수비의 금강불괴.

소림무학을 대표하는 공수의 무공이었다.

한데 제석의 강기가 금강신수장을 그야말로 폭파시킨 것이다.

'달마구겁을 익히다니!'

상리존자가 놀라는 사이는 공간의 일그러짐을 뚫고 권강이 꽂혀 들었다.

'그래, 달마구겁은 아홉 번의 권강을 쏟아 내지.'

콰콰콰쾅!

*　　　　*　　　　*

소림의 수호무승은 일반적인 무승과 궤를 달리한다.

그야말로 '내가 아니면 누가 지옥에 가겠는가.'를 몸소

실천하는 자리였다.

그렇기에 수련하는 무공은 정마를 가리지 않았다.

실제로 수호무승인 제석이 익힌 심법은 멸아사무공이라 불리며 소림의 심공이다. 역근경이 양생을 목표로 한다면 멸아사무공(滅我死霧功)은 멸아를 추구한다. 말 그대로 자신의 진원진기를 희생하여 무위를 극대화하는 것이다. 그렇기에 결코 용납할 수 없는 사문의 공적을 추살할 때에나 사용이 허락됐을 정도였다.

달마구겁(達磨九劫) 역시 사용할수록 육신이 고사하는 폐해가 존재하지 않던가. 그러나 제석은 수호무승으로서 아낌없이 무공을 사용했다.

"순순히 함께 가시지요."

제석의 담담한 한 마디는 그가 격돌에서 우위에 섰음을 증명했다.

상리존자는 눈매를 연방 꿈틀거리며 제석을 노려봤다. 이미 여유로움은 사라진 지 오래였고, 어깨의 욱신거림은 점점 심해졌다.

'단순히 강하기만 한 것이 아니야.'

제석의 무공은 마치 소림무공과 상극인 것처럼 묘하게 기의 흐름을 방해했다.

그러나 부정적인 생각은 금세 사라졌다.

장경각주의 자리에서 금강신수장을 비롯한 최상의 비급을 구했다. 그뿐 아니라 비고에 보관된 대환단 네 알까지 챙기지 않았던가.

내공만으로는 천하에 견줄 자가 없다고 자부한다.

'여기까지 어떻게 왔는데!'

천룡맹의 맹주가 되어 강동을 호령할 때까지는 결코 멈추지 않을 것이다.

"너 따위가 나를 막을 수 있다고 생각하느냐!"

대답은 필요치 않다.

그저 불나방처럼 사라져주면 되는 것이다.

상리존자가 밟고 선 청석이 거미줄처럼 갈라졌다. 그러고는 이내 파열음과 함께 부서진 청석이 허공으로 솟구쳤다.

그그극!

주먹만 한 돌덩이 수십 개가 상리존자의 전면에 뭉쳐들었다. 그러고는 제석을 향해 빠른 속도로 폭사됐다.

콰직!

제석은 허공에 향해 가볍게 손짓을 했다.

그것만으로도 청석은 반대편으로 가루가 되어 튕겨 나갔다.

그리고 상리존자를 향한 길이 열렸을 때였다.

제석보다 그가 먼저 달려든 것이다.

상리존자가 만들어 낸 기의 흐름이 아닌가. 그는 비산하는 청석들을 피해 빠르게 지쳐들었다.

제석으로서는 오히려 기다렸던 상황이 아니던가.

제석천이 된 이상 소림의 무공으로 그를 이기기란 불가능에 가까웠다. 소림의 무학이면서도 상극인 기묘한 무공이 바로 멸아사무공이었기 때문이다.

한데 상리존자가 흘려내던 기세가 한순간에 바뀌었다. 금빛 강기는 여전했으나, 어딘가 모르게 음습한 기운이 스며든 것이다.

"설마!"

"닥쳐라!"

쩡!

제석의 주먹과 상리존자의 손바닥이 허공에서 맞부딪쳤다. 금빛 강기는 권강에 산산조각이 났다. 하나 제석의 눈빛은 그 어느 때부터 뜨겁게 불타오르고 있었다.

아니나 다를까 상리존자의 강기를 이어 죽은피처럼 적갈색을 띤 기운이 비수가 되어 꽂혀 들었다.

누가 봐도 소림의 무공이 아니었다.

다만 청석의 파편으로 세인의 시선을 가릴 뿐이다.

"회각!"

수호무승은 배분을 초월한다.

그러나 제석은 수호무승이 아니라 불제자로서 순수하게 분노한 것이다.

상리존자는 제석의 분노를 역이용하려 했다.

불제자에게 있어서 평정심이란 심법의 핵심과도 같은 것이 아니던가.

무흔혈수장(無痕血手掌)은 정사지간의 장법이다.

평소에는 수련의 여부가 드러나지 않았다.

게다가 소림의 장법보다 강맹했다.

콰콰쾅!

처음으로 제석의 미간이 일그러졌다.

기척이 느껴지지 않을 정도로 은밀한 일격이다. 그럼에도 불구하고 파괴력은 소림의 그 어떤 무학보다 강렬했다.

손가락이 한순간 펴지지 않을 정도의 반탄력.

"후우……."

더 이상 시간을 끌면 좋지 않을 터였다.

소림의 제자가 이런 무공을 사용한다는 것이 알려지기라도 한다면 생각만으로도 끔찍했다.

'어떻게 눈에 띄지 않고 잠재울 수 있을까?'

*   *   *

제석과 상리존자는 이미 수십 합을 겨뤘다.

제삼자가 보았을 때에는 우열을 가릴 도리가 없다.

그러나 태상과 염라의 표정은 점점 일그러지고 있었다.

절대적인 한 수라고 여겼던 상리존자가 아닌가.

그런 그가 손자뻘인 제석과 이처럼 오랫동안 드잡이 질을 하는 것 자체가 명성에 흠집이 나는 행위였다.

염라는 태상의 표정을 살피며 불안감을 감추지 못했다. 이미 태상이 떠난 후 상리존자의 보좌로 자리를 바꾸지 않았던가. 상리존자가 무너지면 그 역시 끈 떨어진 연이 되는 것이다.

"뭣들 하는 거냐? 천룡맹의 심처에서 언제까지 저런 싸움을 용인하려는 것이냐?"

염라의 일갈이 떨어지자마자, 연무장을 둘러싸고 있던 무인들이 앞으로 나섰다. 하지만 그 순간 칼날 같은 바람이 그들의 앞을 쓸고 지나갔다.

"멈추시오!"

적운비가 두 사람의 결투를 지켜보다가 나선 것이다. 마치 연무장을 둘러싼 바람의 장벽이 생긴 것만 같았다. 실제로 적운비의 경고를 무시하고 발을 들인 무인의 한쪽 팔이 피범벅이 됐다. 칼날 같은 바람이 한순간에 팔을 휘감고 사라진 것이다.

"공적 주제에 천룡맹 본당에 나타난 것도 경악할 만하거늘! 감히 천룡맹의 행사를 막아서겠다는 것이냐?"

"마공이다!"

적운비의 일갈에 태상을 비롯한 장로들이 난처한 표정으로 서로를 살폈다.

"마, 마공이라니……."

염라가 고개를 갸웃거리며 물었다.

적운비는 대답 대신 내력을 끌어올린 후 연무장을 향해 면장을 발출했다.

쇄아아아아아아—

그 순간 돌개바람이라도 생긴 것처럼 두 사람을 휘감고 있던 청석의 파편들이 하늘로 휘말려 사라졌다.

그리고 그 안의 광경이 드러났을 때 태상을 비롯한 장로들은 입을 벌릴 수밖에 없었다.

상리존자의 손에서 흘러나는 적갈색의 강기가 만천하에 드러났기 때문이다.

일견하기에도 사이한 기운이 물씬 풍겨온다.

장로들의 경악을 금치 못했다. 하나 태상이 받은 충격에는 미치지 못할 터였다.

마공의 유무는 중요하지 않다.

걸리지만 않으면 되는 것이다.

권력을 위해서는 가족도 버리는 것이 위정자의 올바른 자세라 여기지 않았던가.

'빌어먹을!'

상리존자를 믿었던 만큼 배신감도 컸다.

한데 제석의 표정 역시 그리 좋지는 않았다.

적운비의 쓸데없는 참견으로 인해 소림 제자의 마공 사용이 만천하에 드러난 것이다.

'감출 수 없다면 드러내리라!'

제석의 두 눈에서 금빛 광채가 번뜩였다.

동시에 그의 신형이 아홉 개로 갈라지며 상리존자를 감쌌다. 눈썰미가 좋지 않더라도 쉬이 알아차릴 수 있는 무공이었다.

연대구품(蓮臺九品).

잔영이되 잔영이 아니고, 실체이되 실체가 아니다.

상리존자가 그것을 모를 리 없다.

그는 금강신수장과 무흔혈수장을 연이어 아홉 번이나 흩뿌렸다.

터터터터터텅!

놀랍게도 잔영은 흩어지지 않았다.

오히려 하나하나가 실체처럼 상리존자의 강기를 받아친

것이다. 그것에 그치지 않고 아홉 개의 신형이 상리존자를 향해 꽂혀 들었다.

"크흡!"

상리존자는 전력으로 다시 한 번 장력을 흩뿌렸다.

한데 그 순간 아홉 개의 신형은 물거품처럼 사그라지는 것이 아닌가.

"……."

상리존자는 눈을 부릅떴다.

어느새 제석이 자신의 앞에 서서 손바닥을 내밀고 있었다.

"달마조사께서 혜가 이조께 이르신 말씀을 떠올려 보세요."

상리존자는 자신의 아랫배와 일촌 거리에 머물고 있는 제석의 손을 내려다보며 말했다.

"무, 무슨 소리냐?"

"자신을 있는 그대로 인정하고 받아들이는 순간 평안이 찾아옵니다. 하나 당신은 마음의 평안을 무공과 권력처럼 외부에서 찾으려 했습니다. 그때부터 이미 당신은 길을 잃은 것입니다."

제석의 담담한 한 마디에 상리존자가 대꾸를 하려는 순간이었다.

투둥—

편 손으로 주먹을 쥐는 순간 한 줄기 기파가 아랫배를 파고들었다.

상리존자는 전신을 부르르 떨며 허물어졌다.

제석은 상리존자를 내려다보며 나직이 한 마디를 읊조렸다.

"잃었으면 다시 찾으면 됩니다. 함께 찾아보지요."

하오문의 문도들의 달려와 상리존자와 장경팔부중을 수레에 실었다.

제석은 태상과 장로들을 향해 반장을 했다.

"방장께서 말씀하시길 소림은 봉문을 풀지 못하나, 강호가 위기에 빠지면 언제든 힘을 더할 것이라 하셨습니다. 부디 앞으로도 정파의 지주로서 큰 역할을 해 주시길 기원합니다."

그 말을 끝으로 제석은 돌아서서 적운비를 향해 다가왔다.

적운비는 입꼬리를 올리며 손을 내밀었다.

그러고는 천룡십부 중 소림의 명패를 건넸다.

"고마워. 역시 소림의 협의지심은 명불허전이로군."

제석은 마주 웃는 대신 여전히 담담한 표정으로 한 마디를 내뱉었다.

"다시는 소림을 정치적으로 이용하지 마세요."

파편을 걷어내 마공을 알려준 행위를 탓하는 게다.

적운비는 몰랐다는 듯 어깨를 으쓱거렸다.

"천룡맹도들이 끼어들었다면 그들은 무사할 수 없었을 거야. 어쩔 수 없었어."

제석은 한 차례 적운비의 눈동자를 마주한 후 한 마디를 남겼다.

"용인하는 것은 이번이 마지막입니다."

그는 그 말을 끝으로 천룡맹에는 미련이 없는지 하오문 도들을 따라 나섰다.

짝!

적운비는 돌아서며 손뼉을 쳤다.

빙긋 웃으며 내뱉은 한 마디에 태상의 얼굴은 잔뜩 일그러졌다.

"자! 차기 맹주 후보가 저렇게 됐군요. 이제 어떻게 할까요? 아! 그 전에 맹주의 수하가 마공을 익힌 것에 대해서는 어찌 생각하시는지요? 그러고 보니 최근 맹에서 일어난 일 중에 문제가 될 만한 일들이 상당하던데……."

"감히!"

적운비는 싱글벙글 웃으며 제갈수련을 향해 눈짓을 했다. 제갈수련이 앞으로 나섰다. 한데 그녀가 향한 쪽은 맹주가 아니라 장로들과 맹도들이었다.

"아시다시피 사도련과 혈마교는 내환을 겪고 있지만, 언제든지 정마대전을 돌파구로 삼을 수 있는 자들입니다. 소림과 무당이 손을 뗀 이상 다른 마땅한 후보를 선별하기에는 시간이 촉박해요. 본 총선주는 명가의 후예에게 잠시 천룡맹을 맡겨 작금의 혼란을 해소하고자 합니다."

제갈수련의 편에 선 장로가 기다렸다는 듯이 말을 받았다.

"그게 누구요?"

"남궁세가의 가주가 어떻습니까? 전전대 맹주께서 현 가주를 데리고 업무를 처리하곤 했습니다. 이 이상의 적임자는 찾기 힘들 것 같군요."

장로들이 웅성거렸다.

상리존자의 패퇴를 목격했으면서도 태상의 그림자에서 아직도 벗어나지 못한 것이다.

제갈수련이 쐐기를 박았다.

"군웅회 당시 삼류방파들의 멸문, 천룡학관 마공 사건, 무당파에 대한 공적 처분을 비롯한 백스물다섯 건에 대한 의혹을 받고 있는 사람이 있습니다."

그녀의 호위인 이중이 큰 궤짝을 내려놓았다.

그 안에는 각 건을 정리해놓은 죽간과 보고서가 가득했

다.

"태상을 사문회에 소환합니다."

제갈수련의 외침과 함께 집법전주가 모습을 들어냈다. 평복이 아니라 집법전의 제복을 갖춰 입은 상태였다.

"감히 네놈들이!"

태상은 씹어뱉듯이 읊조렸다.

그동안 집법전주는 와병을 핑계로 일선에서 물러나 있었다. 이 모든 것이 태상의 회유를 피하려는 술책임이 드러난 순간이었다.

'쯧, 저것도 단도제 작품이로군.'

적운비는 입꼬리를 올렸다.

이제 태상은 끝났다.

그 말은 곧 무당파에 대한 위협 중 하나가 사라졌다는 것을 뜻했다.

한데 적운비의 눈썹이 꿈틀거렸다.

수많은 기척과 함께 말발굽소리가 들려왔다.

'천룡맹 내에서 말을?'

그 순간 십여 명의 말을 탄 사내들이 들이닥쳤다.

적운비를 비롯한 모두가 눈을 휘둥그레 떴다.

"관군?"

묵빛의 갑주를 입은 장수가 수많은 사람들을 앞에 두고

외쳤다.

"하남성 도지휘동지 안평이다! 도지휘사사의 명을 따라 이 시간부로 맹주의 신병은 도지휘사사 아래 있으며 그의 수하 역시 마찬가지로 인정한다."

안평이 검을 쥐었다.

"방해하는 자는 국법으로 처단하겠다!"

第四章

천괴(天怪)와
천위(天位)

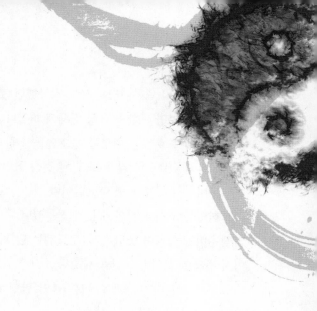

　강호는 사태천이고, 사태천이 곧 강호다.

　한데 그런 사태천 중 한 곳인 천룡맹의 주인이 바뀌었다. 화려한 취임식도 없었고, 요란한 연설도 없었다. 그저 주인이 바뀌었을 뿐이다.

　벽룡검군(碧龍劍君) 남궁신.

　자신에게 주어진 남궁세가를 외단주 남궁보에게 아무 대가 없이 넘기고, 천룡맹주의 자리에 앉은 것이다. 십수 년간 대립했던 남궁보와 손을 잡고, 태상을 몰아낸 것에 대해 강호인들은 감탄을 금치 못했다.

　배포와 심계를 동시에 갖췄기에 호사가들은 남궁의 상징

인 창천을 본 따 벽룡이라 부르기 시작했던 것이다.

적운비의 위명 또한 하남성 전체에 퍼졌다.

지금까지 모호했던 위명을 강호인들에게 각인시킨 것이다. 물론 괴공(怪公)이라 부르게 된 것은 혈인의 공이 컸다.

적운비는 마뜩찮아 했지만 말이다.

오히려 단도제에 관한 소문이 전무했다.

적운비는 놀리며 웃었지만, 단도제는 단 가는 한 걸음 떨어져 관조할 뿐이라는 말을 남겼다.

그렇게 적운비 마음대로 이름 붙인 탈맹계(奪盟計)는 일단락이 됐다.

남궁신과 제갈소소는 남았고, 적운비와 단도제는 무당파로 돌아왔다.

그리고 의외의 인물 또한 적운비와 함께 했다.

"아쉽지 않아요? 당신이 차려놓은 밥상이잖아요."

제갈수련의 말에 적운비는 어깨를 으쓱거렸다.

"탈맹이라는 목적을 가진 연합이었잖아. 탈맹을 이뤘으면 된 거야."

"소림에 대한 추앙이 상상 이상이에요. 이건 당신도 생각지 못했을 텐데요."

"뭐 어때? 무당은 이번 일을 통해 충분한 저력을 보였고, 남궁신을 맹주자리에 올린 일등 공신이야. 남궁신은 이제 무당파의 편의를 봐주기 위해 꽤 많은 것을 포기해야 할 거야. 그 정도면 충분해. 무당은 이미 충분한 명성을 지녔으니까."

제갈수련은 입술을 삐죽였다.

어딘가 여유로운 적운비의 모습에 심통이 난 것이리라.

"소림에 대한 풍문은 당신 생각 이상이에요. 이번 천룡맹 사태를 해결한 것이 소림이라고 할 정도예요. 그들이 만약 천룡맹의 행사에 간섭하면 어떻게 할 건가요? 남궁신이 무당과 아무리 가까워도 소림을 무시할 수는 없어요."

적운비는 피식 웃으며 소림방장과 마주했던 때를 떠올렸다. 당대 소림방장은 상리존자의 대사형으로 이미 세수가 백세를 바라보고 있을 정도의 고령이었다. 이미 병석에 누워 죽을 날만 기다리는 노승이 아닌가.

방장의 눈빛에서는 신뢰감과 인자함이 가득하다.

그런 사람이 권력이 눈이 멀어 이토록 오랜 세월 방장의 자리를 유지했을 리 만무했다.

'마땅한 차기 방장감이 없었던 거지.'

적운비는 자신과 방장의 만남을 지켜보기 위해 몰려든 고승들의 면면을 살폈다.

장로원과 호법원, 그리고 방장의 제자들.

눈에 띄는 사람은 전무했다.

오히려 그들 사이에는 일견하기에도 불편한 기류가 감돌았다. 게다가 몇몇의 눈빛은 적대감까지 품고 있지 않던가.

'저 정도로 감정의 골이 깊어졌다면 집안 단속을 하는데도 한 세월이겠군.'

소림에서 방장을 제외하고 적운비를 놀래킨 사람은 단한 명이었다.

수호무승 제석이다.

하나 그 역시 걱정거리가 되지 않는다.

수호무승은 제석이라는 별호처럼 소림의 안녕과 제자들의 보호가 아니면 하산할 수 없었기 때문이다.

그렇기에 적운비는 소림에 대한 걱정 대신 향후 무당파를 위해 남궁신에게서 뜯어낼 수 있는 것을 정리하려 했다.

"정신적 지주 자리라면 소림에게 기꺼이 양보하지."

"뭐라고요? 남궁 맹주는 천룡맹이 안정되면 패천성과 동맹을 맺을 거예요. 내 동생 알지요? 그 아이라면 화산파를 이용해서 충분히 유리한 조건으로 동맹을 이끌어낼 수 있어요. 그때가 되면 패천성과 천룡맹의 중간 위치인 소림의 존재 가치가 더욱 빛을 발할 거예요. 그래도 괜찮다고요?"

적운비의 입꼬리가 묘하게 비틀어졌다.

"신적으로 추앙받게 되면 행동에 제약이 걸려. 그딴 걸

치레는 소림이 가지라고 해. 어차피 소림의 명성이 올라간다고 해서 무당의 명성이 떨어지는 것은 아니잖아?"

제갈수련은 팔짱을 낀 채로 적운비를 노려봤다.

적운비는 제갈수련의 날카로운 눈빛을 가볍게 흘리며 말했다.

"그런 딱딱한 얘기는 그만 하자. 그러고 보니 무당파에 온 게 벌써 세 번째 아니야?"

"응."

"제대로 구경도 못했잖아. 이 기회에 좀 둘러보지 그래? 이래 봬도 사대도량 중 한 곳인 무당파잖아."

제갈수련은 떨떠름한 표정을 지었다.

"딱히 궁금하지는 않아."

적운비는 피식 웃으며 말했다.

"장문인께서 너를 본 파의 손님이라 칭하셨어. 지난 일이야 어찌 됐든 네가 불편한 일은 없을 거야. 길잡이는 붙여줄 테니 너무 겁먹지 말라고."

하나 제갈수련은 엉덩이를 떼지 않았다.

결국 적운비가 몸을 일으키며 손짓을 했다.

"가자. 내가 안내해 줄게."

제갈수련의 눈동자가 흔들렸다.

"고서를 정리하고, 주석을 달아야 한다며?"

적운비는 키득거리며 다시 한 번 손짓했다.

"저녁에 해도 돼. 정 뭣하면 지난 일에 대한 감사함의 표시라고 생각해."

제갈수련이 못이기는 척 손을 내밀려는 순간이었다.

문이 열리며 단도제와 진예화가 들어섰다.

"아! 다행히 여기 계셨군요."

단도제는 대수롭지 않게 다가왔지만, 제갈수련과 진예화는 잠시 멈칫하며 어색한 기류를 흘렸다.

적운비는 묘한 눈빛을 흘리며 말했다.

"그러고 보니 서로 초면이지?"

두 사람은 서로를 응시한 채 고개를 끄덕였다.

"무정선자께 사사한 진예화라고 합니다."

"이제는 제갈세가 사람이라고 하기도 뭐하지만, 제갈수련이라고 해요."

제갈수련은 그녀의 말처럼 사실상 오갈 데 없는 신세였다. 대의를 위해서였지만, 어찌 됐든 집안의 어른을 몰아낸 것이 아니던가. 그러다 보니 제갈세가 내에서도 입장이 애매해진 것이다. 오히려 가주와 제갈수련으로 편을 나눠 대립하게 되는 현상까지 벌어졌다.

'태상이 없는 아버지라면 잘 이끄실 거야.'

적운비가 말했다.

"그런데 무슨 일이야?"

"나는 제갈 소저한테 용건이 있고, 이쪽의 진 여협은 형님한테 용무가 있답니다."

제갈수련은 적운비의 시선에 입을 열었다.

"단 공자께서 무슨 일이시지요?"

"잠시 둘이 대화하고 싶은데요."

"좋아요."

두 사람이 나가고 두 사람이 남았다.

진예화는 잠시 헛기침을 하더니 출입구를 가리켰다.

"우리도 나갈까?"

적운비는 자신과 눈을 마주하지 못하는 진예화를 보며 웃었다.

"내가 이상한 짓이라도 할까 봐? 그런 걱정은 안 해도 돼."

진예화는 잠시 얼굴을 붉히더니 오히려 목소리를 높였다. 그리고 한 마디를 남긴 채 부리나케 처소 밖으로 나섰다.

"무슨 소리를 하는 거야? 내 검법을 봐줬으면 해서 그래!"

적운비는 입꼬리를 올렸다.

'자존심 강하고, 부끄러워하는 건 둘이 똑같군.'

진예회에 뒤이어 적운비가 연무장에 들었다.

"생각해 보니 말이야. 우리 둘은 항상 연무장에서만 만나는 것 같지 않아?"

"수련을 게을리 하지 않았다는 증거야. 좋게 생각해."

적운비는 어깨를 으쓱거리는 것으로 대답을 대신했다. 한데 진예화는 당장이라도 검을 뽑을 것만 같았던 모습과 달리 담담한 어조로 말을 이었다.

"조만간 하산하게 될 것 같아."

"집에 가려고?"

진예화는 눈을 동그랗게 떴다.

"그걸 어떻게?"

"후훗, 이제 슬슬 정리할 때도 됐다 싶어 보여서."

"그래. 정리해야지."

"상단을 재건하게?"

적운비의 물음에 진예화는 쓴웃음을 지었다.

"아직은 잘 모르겠어. 아무래도 내 고향은 패천성의 영역이니까. 그래도 도울 수 있는 일이 있다면 도와야지. 그러기 위한 삶이었고."

짝!

진예화가 자조적인 표정을 짓자 적운비가 손뼉을 치며

주위를 환기했다.

"좋아! 어디 한 번 보자고."

스릉—

검을 뽑으니 한순간에 기도가 달라진다.

지난번에 만났을 때보다 한층 더 강해진 것이다.

"이번에는 쉽지 않을 거야."

적운비는 빙긋 웃으며 말했다.

"항상 쉽지 않았어."

*　　　*　　　*

만안당주는 점점 천괴와 함께 하는 시간이 부담스러웠다. 그의 종잡을 수 없는 화법은 참아낼 수 있었다. 하나 행동만은 납득하기 어려웠다.

옛일이 떠올랐다며 봉우리에서 내려가는 일이 점점 잦아졌다. 그의 목적은 알 수 없지만, 보보마다 시체가 쌓이고, 피가 강처럼 흐른다는 것만은 알고 있었다. 천괴가 저지른 혈사의 뒤처리를 도맡아야 했기 때문이다.

'천하를 피로 물들일 대살성이 될지도 몰라.'

천괴는 오늘도 절벽에 앉아 자신이 강제로 평평하게 만든 대지를 응시하고 있었다.

'도대체 저 머릿속에는 뭐가 들은 것일까?'

만안당주는 한참 동안 물끄러미 천괴를 응시했다.

한데 불현듯 자신에 대한 의문이 들었다.

이미 천괴에게서 얻을 것은 모두 얻지 않았던가.

불멸전혼대법의 과정과 의미를 전수받으며 지식욕을 채웠다.

그러니 홀가분하게 떠나도 상관이 없을 터였다.

한데 자신은 천괴를 떠나지 못한다.

지자로서 모든 욕구를 충족시켰을 터였다.

'그런데 왜 이렇게 찜찜하단 말인가?'

절대자에 대한 동경은 아닐 것이다.

그 역시 지자로서 경지에 이르렀다는 자부심이 존재했기 때문이다.

'예전처럼 말이라도 계속 걸어야 뭔가 단서를 찾을 텐데……'

그 순간 만안당주는 망치로 뒤통수를 얻어맞은 사람처럼 눈을 부릅떴다.

절대자(絕對者).

자신이 천괴를 도운 이유는 하나였다.

사태천의 정보단체끼리 아옹다옹하는 것에 회의감이 들었기 때문이다. 만안당은 역사와 정보력에서 다른 정보단

체와 상대가 되지 않았다. 하나 사도련이 사태천의 일익으로 인정받게 된 것에는 만안당의 공이 지대했다.

다만 알려지지 않았을 뿐이다.

만안당주는 그 즈음 천하에 자신과 지혜를 겨룰 자가 존재하지 않음을 인지했다.

지적유희를 나눌 대상이 없다는 것은 자신이 최고라는 것을 인정해 줄 대상 또한 없다는 것과 같지 않은가.

그렇기에 기꺼이 천괴를 도왔다.

'설마 당신도…….'

천괴는 외로운 것이다.

불멸전혼대법으로 영생을 이뤘다.

그것의 위대함을 알려면 천괴처럼 절대자의 자리에 오른 자만이 가능할 터였다. 그렇게 생각해 보니 천괴가 자신에게 더 이상 말을 걸지 않은 이유 또한 자연스럽게 설명이 됐다.

"아아……."

만안당주가 침음을 흘렸다.

한데 천괴는 쳐다보지도 않았다. 그의 주변을 휘도는 금선강기 역시 마찬가지였다.

'천괴에게 있어서 나라는 존재는 없는 것과 마찬가지로구나.'

생각이 깊어질수록 실소가 흘러나왔다.

천괴에게 군림과 지배를 논했던 자신들에 대한 비웃음이었다. 천괴에게 있어서 천하의 모든 존재는 언제든 없앨 수 있는 대상에 불과했다.

시간이 얼마나 걸리느냐의 차이인 것이다.

그런 자에게 천하쟁패를 논했으니 관심을 가지지 않는 것도 당연하다.

천괴에게 필요한 것은 단 하나였다.

또 다른 절대자.

그 순간 천괴가 슬그머니 몸을 일으켰다.

그러고는 턱을 쓰다듬으며 마뜩찮은 표정을 지었다.

"아무리 생각해도 그놈밖에 남지 않은 건가?"

*   *   *

진예화는 강해졌다.

그러나 적운비가 놀란 부분은 따로 있었다.

'빨라!'

진예화는 자신의 부족한 부분을 놓치지 않았다. 그리고 단점을 광적인 수련으로 메우는 시간이 매우 짧았다.

이제 위지혁과는 종이 한 장 차이였다.

진예화가 실전경험까지 쌓는다면 위지혁의 성취마저 뛰어넘을 수 있을 것이 분명했다.

"집이 어디라고 했지?"

"삼문협 북부의 작은 마을이야. 스승님과 함께 하산해서 천룡맹에 갈 거야. 스승님은 맹에 남으시고, 나는 적당한 행렬을 따라 삼문협까지 이동할 생각이야. 그 후에는 혼자 갈 수 있어."

적운비는 히죽 웃으며 말했다.

"구체적이네."

진예화는 묻지도 않은 말에 대답한 것이 부끄러운지 시선을 돌렸다.

적운비는 어깨를 으쓱거리며 손을 흔들었다.

"그럼 가 볼게. 고서 정리할게 남아서……."

진예화는 적운비가 몇 걸음을 내디딘 후에야 슬며시 고개를 들었다. 그녀의 눈동자는 흔들렸고, 몇 번이나 입술을 달싹였다. 하지만 다시 한 번 시선을 피해야 했고, 달싹거리던 입술은 끝내 열리지 않았다.

'민폐야. 민폐라고.'

잠시 후 진예화는 검을 강하게 움켜쥐었다.

그러고는 아무 일도 없었던 사람처럼 검을 휘두르기 시작했다.

'하산하는 날까지 더 강해져야 해.'

적운비는 자신의 처소로 걸음을 옮기지 않았다.

진예화는 실전만 거치면 당대에 손꼽히는 여협이 될 것이다. 그러다 보니 오히려 위지혁이 걱정되기 시작한 게다.

그는 강하다. 실전도 거쳤다. 하지만 그로 인해 벽이 생길 수도 있겠다는 생각이 들었다.

'별호도 얻고, 한창 남들이 추켜세우니 게을러질 수도 있지. 그러고 보니 맹에서 돌아오고 제대로 얘기도 못해봤네.'

무당파 경내를 거닐다보니 오가는 문도가 상당하다.

어린 시절부터 사건과 사고를 도맡아오던 적운비가 아닌가. 그러다 보니 아는 이도 많았고, 대화할 일도 많았다.

그렇기에 위지혁의 처소에 다다랐을 때 적운비는 한층 피곤한 얼굴을 하고 있었다. 불현듯 경내에서 만난 문도들이 했던 이야기가 떠올랐다.

'곧 도적에 대한 이야기 나오겠구나.'

입가에는 절로 쓴웃음이 맺혔다.

도적(道籍)은 도인들의 명부다.

즉 수련관을 졸업하고 진무제를 통해 무당파에 들어온 제자들의 오 년의 시간을 보내고 정식 제자로 임명되는 것을 뜻했다.

사승관계를 맺은 제자들은 대부분 도적에 오를 것이고, 예하제자 중에서도 상당수가 무당에 남을 것이다.

그렇게 되면 이제 이름을 버리고 도명을 얻게 된다.

적운비가 씁쓸해하는 것도 당연했다.

이미 무당에 남을 수 없다는 것을 인지했고, 떠날 것을 다짐하지 않았던가.

'그래, 그래야지.'

천룡맹을 빼앗겠다는 탈맹계는 성공적이었다.

하나 관부의 출현으로 인해 화룡점정에 이르지 못한 것 또한 사실이 아니던가. 그렇기에 무당파를 떠나야한다는 생각이 더욱 강해졌다. 반면 그로 인해 그리움과 아쉬움이 커진 것 또한 부정할 수 없었다.

'그들은 낡았다. 그렇기에 천자를 부정하지 못한다. 그러니 그깟 관상만 믿고 살아가지 않던가. 내가 이곳에 있다는 것이 알려지는 것은 기정사실, 하루라도 빨리 떠나야 무당이 안전할 텐데…….'

적운비는 혀를 차며 한숨을 내쉬었다.

여전히 마음 한구석이 불안했다.

천룡맹은 무당을 중심으로 돌고 있다.

이것은 부정할 수 없는 사실이다.

'내가 없다면?'

확신할 수 없었다.

츠르르르릉—

순간 시각과 청각을 어지럽히는 움직임이 있었다.

생각에 잠기다 보니 어느새 위지혁의 처소 뒤편에 자리한 연무장까지 드러선 것이다.

한데 위지혁의 수련은 적운비를 놀라게 만들었다.

쉴 새 없이 공간을 장악하는 한 자루의 검.

검은 휘황찬란한 달빛을 끊임없이 튕겨 냈다.

이 모든 행위가 내공의 수발 없이 육신의 힘으로만 진행되고 있지 않은가. 그러니 적운비는 눈을 휘둥그레 뜨고 위지혁의 수련을 지켜볼 수밖에 없었다.

'녀석!'

적운비가 생각하던 위지혁의 단점, 그것은 바로 육체가 아니던가.

위지혁은 어린 시절부터 수련에 열성적인 편이 아니었다. 으스대길 좋아하고, 노는 것을 좋아했으니 지루하기만한 수련을 게을리하는 것은 당연했다.

예전의 게으름은 고수가 되면서 다시 부각됐다.

'알고 있었구나.'

적운비는 헛웃음을 흘렸다.

위지혁이 명성에 취해서 수련을 게을리 할 것이라 여겼다. 그렇기에 언제나 그렇듯 자신이 바로잡아 주려 한 것이다.

한데 녀석은 흐트러지지 않았다.

그뿐 아니라 자신의 단점까지 스스로 파악하여 개선하는 중이 아닌가.

이제는 답이 나온다. 아니 인정해야 했다.

'내가 해 줄 것이 없구나.'

무당파는 적운비라는 추진제가 없더라도 비상하고 있었다. 그것도 적운비가 생각했던 것보다 아주 빠르게 말이다.

적운비는 위지혁을 한차례 응시한 후 몸을 돌렸다.

*　　*　　*

적운비는 이번에야말로 처소로 향했다.

고서의 정리를 핑계로 댔지만, 실제로는 혜검을 기록으로 남길 요량이었다. 장문인에게 전달한다면 언젠가 다시 한 번 천위가 탄생하리라.

'하아……'

혜검에 대한 내용을 글로 적은지 수 시진째.

백여 장이 넘는 종이에 빼곡하게 적힌 깨달음.

그러나 적운비가 가진 것에 백분지 일도 남기지 못한 상태였다.

　비인부전이라는 말이 절로 각인되는 순간이었다.

　'글로 남기려니 한세월이로구나.'

　그러나 조금도 힘들지 않았다. 어찌 됐든 비급을 만들지 못하면 떠날 수 없지 않은가. 비급을 완성하기 직전이라면 달라지겠지만, 아직까지는 즐겁게 붓을 놀릴 수 있었다.

　"끄으아!"

　적운비는 의자에 일어나 기지개를 켰다.

　창밖을 살피니 벌써 어슴푸레 날이 밝고 있었다.

　'뭐라도 먹을까?'

　지잉―

　화색을 띠고 있던 적운비의 얼굴이 일그러졌다.

　지이이이이잉―

　적운비의 눈이 기광을 뿜어냈다.

　신성해야 할 무당산에서 더럽고, 끈적거리며, 음습한 기운이 사방에 퍼지고 있다.

　'비공기! 아니 이건 비공기 정도가 아니잖아?'

　적운비가 지금까지 만났던 천괴의 수하 중 가장 강한 자는 스스로를 명객이라 칭한 명조였다.

　하나 무당산에 스멀스멀 퍼지고 있는 비공기에 비한다면

명조의 것은 만월과 반딧불의 차이처럼 여겨질 정도였다.

'설마!'

적운비는 자리를 박차고 몸을 날렸다.

비공기는 은밀하게 퍼졌으나, 적운비의 기감을 벗어나기란 요원한 일이었다. 외천삼호, 아니 정확하게 말하며 외천삼호 중 동천의 아래서 흘러나오는 것이 확실했다.

"구궁무저관! 그렇다면……."

구궁무저관이 정확한 위치를 아는 사람은 넷.

그중 둘은 죽었고, 둘이 남았다.

"천괴(天怪)!"

적운비는 구궁무저관에 들어서자마자 천괴와 검천위의 싸움이 있었던 공동으로 내달렸다.

그리고 마주했다.

노인은 등을 보이고 있었다.

평범한 체격과 드러나지 않는 기도.

구궁무저관이 아니었다면 기억도 나지 않을 만큼 평범했다.

아무리 살펴도 천괴라고 특정 짓기가 힘들었다.

하나 노인의 주변을 휘돌고 있는 빛줄기.

마치 뱀처럼 노인의 주변을 떠날 줄 모른다.

그것만으로도 노인은 무당산을 아우를 정도의 존재감을 드러냈다.

"천괴."

적운비의 한 마디에 천괴가 돌아섰다.

"이렇게 빨리 와 주다니 먼 길을 온 보람이 있군. 여기까지 온 것을 보니 네가 당대 천위라는 녀석이로구나?"

"그렇습니다."

천괴는 옛일을 추억하듯 눈을 가늘게 떴다.

"흐음, 생각난다. 검천위가 여기에 함정을 만들었지. 하늘의 뜻이 어디에 있는 줄도 모르면서 나를 잡겠다고 말이야."

그러고는 자신의 몸을 가리키며 입꼬리를 올렸다.

"아! 알지 모르겠지만 이 녀석은 구룡검제다. 아주 쓸 만한 몸뚱이지. 검천위는 나를 막겠다고 일을 꾸몄겠지만, 결국은 나를 도와준 꼴이 됐지."

적운비의 표정은 그 어느 때보다 굳어 있었다.

눈앞의 천괴는 그가 상상했던 모습과 달랐다.

피에 굶주린 악귀라기보다 외로움에 찌든 수다쟁이처럼 보일 정도였다.

하나 적운비는 겉모습에 속지 않았다.

자신의 상상과 다를수록 그 원인을 찾으려 했다.

'겉으로 보기에는 문제가 없어 보여. 부상을 모두 치료한 것인가?'

그 순간 천괴를 휘감고 있던 금선강기가 적운비의 시선을 느낀 것처럼 요동을 쳤다. 그러고는 적운비를 위협하는 것처럼 꽂혀들려고 한다.

천괴는 그것을 보고 금선강기를 쓰다듬었다.

그러고는 달래듯 한 마디를 흘렸다.

"워! 워! 너까지 나설 필요는 없단다."

적운비에 대한 조롱이 가득 담겨 있는 한 마디였다.

하나 적운비는 찰나간 의아한 표정을 지었다.

"그건 뭡니까?"

"클클, 금선강기라고 한다. 나와는 영혼으로 묶인 방패이자, 검이지."

묻는 대로 술술 답하는 모양새가 마치 적연철방에서 보았던 백천과 같았다.

'원래 저런 자들만 모았든, 익혀서 변했든 손해 볼 것은 없다.'

적운비는 자세를 풀었다.

적에 대해 모른다면 여유를 가지는 것이 좋다.

시간은 많은 것을 전해 주기 때문이다.

적운비는 자신이 지금까지 수집했던 천괴에 대한 모든

정보를 떠올렸다. 그리고 눈앞의 천괴와 비교하여 가감하는 작업을 시작했다.

"왜 여기에 온 겁니까?"

"글쎄다."

천괴는 침음을 흘리며 주변을 살폈다.

"백오십 년이 지났어도 여기는 그대로군. 백오십 년이 더 지나도 그대로겠지?"

"왜 여기에 온 겁니까?"

적운비의 연이은 물음에 천괴가 물끄러미 응시했다.

"글쎄다. 왜 왔을까? 네가 한 번 대답해 보겠느냐?"

천괴와 눈을 마주하는 순간 온몸에서 힘이 빠졌다.

조금만 늦었다면 땅바닥에 주저앉았을 것이다.

'강하다!'

등을 돌리고 있을 때나, 수다를 떨 때에는 몰랐다.

하지만 눈동자를 마주하는 순간 뼈저리게 느낄 수 있었다. 천룡맹, 아니 강호의 모든 무인들이 힘을 모아도 대적할 수 있을지 확신이 서지 않을 정도였다.

적운비가 입을 닫자, 천괴는 눈을 더욱 가늘게 뜨며 응시했다.

"흐음, 검천위의 후예인데 약하구나. 한데 너는 검천위가 가지지 못한 것을 가지고 있어. 흥미롭구나. 그것이 혜검이더냐?"

"그렇습니다."

"보여줄 수 있느냐?"

"보여줄 수 있다면 이미 혜검이 아니겠지요."

천괴의 눈매가 꿈틀거렸다.

"보여주지 못하는 것이 아니고?"

적운비의 눈빛이 천괴의 말에 반응해 번뜩였다.

'어라?'

처음 만났을 때부터 이상한 느낌을 떨쳐내지 못했다. 한데 대화가 지속될수록 그 느낌은 더욱 강해진다. 그리고 불현듯 뇌리를 스치는 것이 있었다.

적운비는 호흡을 가다듬은 후 나직이 한 마디를 흘렸다.

"보여주면 볼 수는 있으신가요?"

천괴의 얼굴에서 부드러움이 사라졌다.

그러고는 강렬한 기파를 쏟아 내며 한 마디를 내뱉었다.

"네가 감히 내게 의구심을 가져?"

쏴아아아아—

적운비는 전신을 옥죄는 기운에 잠시 신음을 흘렸다. 하나 부들부들 떨면서도 힘겹게 입꼬리를 올리며 말했다.

"태극혜검은 당신이 볼 수 있을 만큼 단순한 것이 아닙니다."

쿠쿠쿠쿠쿵!

구궁무저관 전체가 무너질 것처럼 요동쳤다.

천괴가 마음만 먹는다면 당장이라도 무너져서 무당산이 주저앉으리라.

하나 적운비는 마음속으로 환호성을 내질렀다.

'찾았다. 천괴의 약점!'

*   *   *

천괴는 불멸전혼대법을 완성하기 전에도 절대자라 불렸다. 천하 어디를 가도 거침이 없었을 것이고, 그 누구도 제지하지 못했을 것이다.

무소불위(無所不爲).

수많은 사람들이 염원하는 참으로 좋은 말이 아닌가. 하지만 빛이 있으면 그림자가 있는 것이 세상의 이치가 아니던가. 홀로 모든 것을 이뤘으니, 나눌 수 있을 리가 만무했다.

결국 모든 것을 가지고도 공허함을 느끼게 된다.

천괴가 자신을 찾아온 것도 그 때문이리라.

절대자가 되었고, 영생까지 이뤘다.

한데 자신의 업적을 자랑할 곳이 없는 게다.

추종자들에게 백날 떠들어봐야 칭송만 돌아올 뿐이다. 그가 정녕 원하는 것은 자신의 업적을 진심으로 이해하고, 감복해 주는 상대이리라.

'그럴 수는 없지.'

검천위가 천괴를 만났던 당시를 떠올려 보자.

죽음을 각오하고서야 활로가 열리지 않았던가.

천괴는 그때와 다르지 않았다. 불멸전혼대법으로 인해 영생을 얻었을지언정 해탈에 이른 것은 아닌 게다.

그러니 곧이곧대로 휘둘리다가는 살아서 이곳을 벗어나지 못하리라.

적운비의 눈동자가 흔들림을 멈췄다.

천괴는 그 모습에 더욱 인상을 쓰며 씹어뱉듯이 읊조렸다.

"네가 아무것도 모르고 잘난 체를 하는구나. 지난날 검천위도 내 앞에서 너처럼 뻗대지는 못했다!"

적운비는 천괴의 반응에 자신의 예상이 맞았음을 확신했다. 놈은 인정받고 싶은 것이다. 자신에 준하는 존재에게 자신의 업적이 얼마나 대단한 일이었는지를 듣고 싶은 게다.

하지만 적운비는 그렇게 할 생각이 전무했다.

인정하는 순간 죽는다.

자신만 죽는 것이 아니다. 놈은 무당산에 존재하는 모든 생명을 말살할 것이 분명했다. 애초에 무당파에 좋은 기억이라고는 전무하지 않던가.

적운비는 아무도 모르는 사이에 수백 명의 목숨을 짊어지게 된 것이다.

'그러나 활로는 존재한다!'

천괴를 자극하면서도 자극하지 않아야 했다.

마치 외줄타기처럼 위태로운 상황이지만, 가능성은 충분할 터였다.

"검천위께서는 천의를 읽고, 행하시며 귀천하신 분입니다. 그 과정을 모른다면 당신 역시 잘난 체 할 자격이 없겠지요."

적운비의 도발에 천괴는 한순간 얼굴을 붉혔다.

불멸전혼대법을 완성하기 전에도 자신 앞에서 이처럼 뻗대는 자가 없었다. 모조리 죽여 버렸기에 알아서 무릎을 꿇지 않았던가.

한데 그렇다고 해서 적운비를 일수에 쳐 죽일 수도 없는 노릇이었다. 검천위의 제자라면 자신의 업적을 자랑하기에 충분하리라.

그렇기에 그는 극도의 인내심을 발휘하여 입꼬리를 올렸다.

"말만 앞세우는 어린놈은 많이 보았다. 그런 놈의 최후가 어떤지 아느냐?"

적운비는 이제 완전히 평정심을 되찾은 상태였다.

놈은 자신을 죽이지 않았다. 즉, 자신의 예상이 적중한 것이다.

적운비는 한결 편한 표정으로 말을 이었다.

"말만 앞세우는 것이 아니라면 최후는 궁금해하지 않아도 됩니다."

"천하가 어떤지 아느냐? 안정은 위기를 부르고, 위기는 안정을 부른다. 당금 강호는 사태천 따위에 의지해서 평화를 가장하지 않던가. 네깟 놈이 모르는 세상에서 수많은 암류가 휘돌며 뭉치고 있는 것이다. 거대한 와류가 된 위기의 기운은 곧 강호를 뒤집어버릴 것이다. 그런 것도 모르면서 말만 앞세우는 것이 아니라고?"

"황궁과 혈마교, 그리고 사도련. 당신의 제자들이 암약하는 곳. 그들은 천하를 일통하여 군림할 생각인 듯한데 그리 쉽지 않을 겁니다."

천괴는 코웃음을 쳤다.

"크하하하! 네놈은 강호인을 모르는구나. 약자일 때는 안정을 원하고, 강자가 되면 혈란을 원하는 것이 강호인의 생리다. 강자존의 법칙은 누가 만든 것이 아니라 강호인들

스스로 만들어 낸 것이다. 한데 네가 이 거대한 흐름을 바꿀 수 있다는 것이냐?"

적운비는 잠시 입을 닫았다.

곧기만 하면 부러지는 법이다.

지금은 천괴의 반응에 따라 휘어져줄 차례였다.

"……."

천괴는 적운비가 침묵을 지키자, 기가 살았는지 더욱 거세게 소리쳤다.

"나는 흐름을 바꿀 수 있다. 그뿐 아니라 나는 흐름을 만들 수도, 없앨 수도 있다. 이것이 바로 완전무결에 이른 절대자의 힘인 것이다. 한데 네가 세 치 혀를 놀려? 우습구나! 크하하하!"

"도대체 당신이 말하는 흐름이 무엇입니까?"

적운비는 천괴의 기고만장이 극에 이르렀을 때 슬그머니 물었다.

하나 천괴는 그리 녹록한 상대가 아니었다.

"네가 나를 떠보는구나. 검천위보다는 똑똑해. 하지만 그렇다고 달라지는 것은 없다. 황궁이 위에서 찍어 누를 것이고, 혈마교와 사도련이 아래에서 치고 올라올 것이다. 천하는 전쟁으로 인해 피폐해질 것이고 겁란의 시대가 도래할 것이야. 피가 강을 메울 것이고 시체가 산처럼 쌓일 것이다. 네가 어찌 막을 것이냐?"

적운비는 속으로 미소를 지었다.

자신감이 과하면 오만함이 된다.

천괴의 오만함은 백천이 그랬던 것처럼 주체할 수가 없을 정도였다. 자신이었다면 아무리 유리한 상황에서도 방심하지 않고, 정보를 지켜 내일에 대비할 것이다.

"혈마교와 사도련에 대비는 이미 끝났습니다. 천룡맹은 조만간 패천성과 동맹을 맺겠지요. 그렇다면 당신의 제자들이 준동해도 그리 쉽지 않을 겁니다. 무엇보다 심산유곡에 은거한 고인들이 모습을 드러내면 사태천은 쌍태천이 될 수도 있겠지요!"

"쯧쯧, 너는 황궁의 생리를 모르는군."

천괴의 말에 적운비는 얼굴을 붉히며 소리쳤다.

"혜검이 있는 이상 불가능은 없습니다!"

강호초출의 패기를 가장한 치기가 고스란히 느껴지는 한마디가 아닌가.

'좋아! 훌륭했어.'

천괴는 고개를 갸웃거리며 혀를 찼다.

하나 눈빛에 담겨 있던 적의는 상당부분 사라진 후였다. 적운비의 혼신의 힘을 다한 연기가 통한 것이다.

"태극혜검? 그런 전설에 아직도 매달려 있는 것인가. 쯧쯧, 검천위 보다 나은 줄 알았는데 그것도 아니군."

순간 천괴의 눈동자에 살기가 드리워졌다.

쏴아아아—

바람 한 점 없던 공동에 정명정대한 기운이 넘실거리기 시작했다.

적운비가 양의심법을 일으켜 혜검을 드러낸 것이다.

건곤와규령을 발현하니 삽시간에 광휘가 번뜩였다.

천괴의 눈동자에서 살기가 사라진다. 그 자리를 대신한 것은 호기심이었다. 수백 년간 강호를 떠돌았지만, 이러한 기운은 접해 본 기억이 전무했다.

'이것이 혜검?'

정기가 한없이 충만하니 미증유의 거력을 품고 있는 것이 분명했다.

'대단하군. 저놈을 상대할 자가 몇이나 될까?'

천하를 통틀어 적어도 열 손가락 안에는 충분히 들 것이다. 하나 그것은 강호의 강함일 뿐, 천괴의 눈에 찰 정도는 아니었다.

적운비는 천괴의 눈빛이 변화하는 과정을 지켜봤다.

그리고 그가 기다리던 절호의 순간이 찾아왔다.

"검천위께서 유언을 남기셨습니다. 혜검을 익혔다면 결과는 달랐을 것이라고요."

천괴가 눈을 휘둥그레 떴다.

그는 오랜 세월을 살아온 만큼 헤아릴 수 없을 만큼 다양한 경험을 했다. 그럼에도 불구하고 기억에 남는 존재는 그리 많지 않았다.

그중 하나가 바로 검천위였다.

검천위는 자신을 멸하기 직전까지 이르렀던 단 하나의 존재였다. 구룡검제가 나타나지 않았다면 구궁무저관에 먹혀 세상에서 사라졌으리라.

"검천위가?"

적운비는 처음으로 천괴의 시선을 피하지 않고 맞받아쳤다. 지금의 한 치의 흔들림도 없이 진실된 모습으로 맞서야 할 때였다.

"그렇습니다! 당신이 무슨 일을 꾸미든 혜검을 완성하면 천의는 순리대로 풀릴 겁니다."

"크큭, 그렇다면 내가 이 자리에서 너를 죽여야 마땅하지 않겠느냐? 어디 한 번 나와 싸워보겠느냐?"

천괴의 으름장에 적운비의 눈동자가 번뜩였다.

지금 천괴와 싸운다면 쉽게 쓰러지지는 않을 것이다. 하지만 그것은 시간 벌기에 불과할 뿐 죽음은 피할 수 없었다. 그리고 그것은 무당파, 나아가 강호의 혈겁으로 이어질 것이다.

적운비는 당당하게 소리쳤다.

"나는 당신과 싸우지 않을 겁니다."

천괴의 미간이 일그러지는 것은 당연했다.

"그럼 순순히 죽음을 받아들이겠다는 것이냐?"

"혜검은 하늘이 잠시 내게 빌려 주었을 뿐, 내 것이 아닙니다. 당신의 호기심을 채우기 위해 혜검을 펼치지 않습니다!"

천괴는 적운비의 행동이 마음에 들지 않았다.

죽음을 앞두고 초연한 모습에 짜증이 솟구친 게다.

그는 그렇지 못했다. 죽음에서 멀어지고자 불멸전혼대법을 만들지 않았던가.

적운비의 모습은 그의 과거와 대비됐다.

한데 그렇다고 해서 일수에 쳐 죽일 수도 없는 노릇이었다. 검천위가 남겼다는 한 마디가 못내 귓가에서 사라지지 않은 것이다.

'홋! 혜검을 보여줄 바에는 죽겠다고?'

놈에게서 강제로 혜검을 끄집어내는 것은 불가능하다. 하지만 천괴는 정파인의 고집을 꺾는 방법을 너무도 잘 알고 있었다.

'하지 않을 수가 없는 환경을 만들면 되는 것이지.'

강호가 혈겁에 휩싸이고, 지인들이 죽어 나자빠지는 상

황이라면 고고함을 지키는 건 불가능하지 않겠는가.

"혜검은 하늘이 준 것, 그러니 온전하게 깨달으면 무소불위라 이것인가?"

천괴의 목소리가 한층 낮아졌고, 적운비는 대답 대신 고개를 끄덕였다.

그 모습을 보니 절로 미간이 일그러진다.

끝까지 마음에 들지 않는 녀석이다.

"수십 년간 쌓여왔던 불만이 터지는 순간 사태천이라는 허술한 방벽은 가루가 되어 허물어질 것이야. 강호에는 이미 피 냄새가 가득하다. 어디 네가 하늘의 뜻을 이어받아 해결할 수 있을지 지켜보도록 하지."

"그게 무슨 뜻입니까?"

천괴는 입꼬리를 올렸다.

"남쪽에서 일어나는 혈사(血邪)가 강호를 피로 물들이고, 북쪽에서 다가오는 외인(外人)은 장성을 무너트릴 것이다. 그 중심에 명수라(冥修羅)가 있으니 감히 네놈이 대적할 수 있겠느냐? 그때도 네가 하늘의 뜻을 운운하면서 혜검을 숨기네 마네 할 수 있을는지 한번 지켜보도록 하겠다."

적운비의 눈앞에서 천괴의 신형이 자취를 감췄다.

'뭐야? 이건!'

내공이 많고, 신법이 좋으면 사람은 빠르게 움직인다. 그

쾌속함이 극에 달하면 잔영이 남기도 하고, 공간을 접은 것처럼 번쩍거리며 움직이기도 한다. 하지만 그렇다고 해서 기척이나 존재감이 사라지는 것은 아니었다.

한데 천괴는 그냥 사라졌다.

마치 처음부터 실체가 아니었던 것처럼 눈앞의 공간에서 사라져 버린 것이다.

적운비는 아랫입술을 질끈 깨물고 부르르 떨었다.

'불멸전혼을 이룬 존재가 아닌가? 이 정도는 당연히 예상범주인 것이야. 그러니까 흔들리지 말자!'

애써 마음을 다잡으려 했지만, 평정심을 되찾는 데에는 상당한 시간을 필요로 할 터였다.

결국 적운비는 침음을 흘리며 한숨을 내쉬었다.

"하아!"

본래 적운비는 혜검을 펼치지 않으려 했다.

그럼에도 불구하고 건곤와규령이 발동된 것은 그의 의지가 아니었다. 천괴가 살기를 일으킨 순간 저절로 건곤와규령이 뻗어나간 것이다.

천괴가 두려웠다.

오감을 잃고 헤매는 것처럼 막막했다.

하나 적운비는 끝끝내 입가에 미소를 드리웠다.

'만약 그렇게만 된다면······.'

천괴와 만나면서 실기(失期)하기만 한 것은 아니다.

생각지도 못한 것을 마주하지 않았던가.

"금선강기라고 했던가?"

자신의 예상이 맞는다면 천괴는 오늘 자신을 찾아온 일을 지옥에서 후회할 것이다.

'일단은 천룡맹으로 가야겠어.'

천괴는 떠나면서 몇 번이나 무당산을 되돌아봤다

이미 구름에 뒤덮여 아득하기만 한 무당산이다.

"쯧!"

그러나 결국 혀를 차며 돌아섰다.

적운비의 오만방자한 언행으로 인한 짜증이 여전했던 것이다. 무당파를 없애고, 무당산을 평지로 만들어 버릴까 몇 번이나 고민해야 했다.

"여기서 돌아가면 결국 놈의 뜻대로 되는 것이 아닌가. 범상치 않은 놈이야. 명수라가 당할 수도 있겠어."

천괴는 가장 아끼는 제자의 죽음을 거론하면서도 점차 입가에 미소를 지었다.

적운비가 명수라를 막는다면 그 후에 놈을 통해 자신의 위업을 증명하는 것이다. 그 반대라면 명수라를 통해 행하면 되지 않겠는가.

목적 없는 삶이라면 지루하기 짝이 없다.

하지만 천괴는 불멸전혼대법을 이루고 처음으로 관심거리를 가지게 된 것이다.

백오십 년 동안 자리를 지켜왔다.

몇 달이라는 시간은 눈을 깜빡이는 것처럼 빠르게 흘러갈 것이 분명했다.

"그날 신이 되겠노라!"

第五章

패천성으로 가는 길

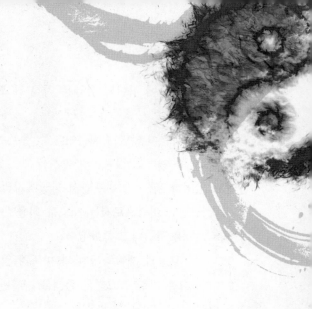

천룡맹을 떠난 지 나흘이 지났다.

오십 명은 족히 될 법한 행렬이기에 세인의 시선을 끌기
에는 충분했다.

정료단(正僚團)이라 명명된 행렬의 목적지는 패천성이
다. 표면적으로는 혈마교와 사도련의 준동에 대비하여 천
룡맹과 패천성의 우의를 돈독히 하자는 것이 이유였다. 하
나 행렬의 면면을 보면 그리 단순한 이유는 아니었다.

정료단주 여곽을 비롯한 천룡맹의 무인들이 대다수였다.
하지만 그 사이로 무당파의 도인들과 남궁세가의 무인은
물론이고, 제갈수련까지 동행하고 있었다.

한데 정료단에 속한 사람들은 며칠 간 교류가 없다시피 했다.

각자의 목적이 달랐기 때문이다.

정료단주 여곽은 정료단의 목적을 패천성과의 동맹으로 알고 있었다. 맹주가 바뀌면서 남궁세가의 위상이 급증하지 않았던가. 여곽으로서는 새로운 천룡맹에서 첫 공을 세우는 역할을 맡았다고 좋아했다.

그러니 무당과 제갈의 합류가 마뜩치 않은 것은 당연했으리라. 그중 가장 껄끄러운 존재를 꼽자면 단연 제갈수련일 터였다.

'빌어먹을! 괜히 공이라도 가로채려한다면 그냥 있지는 않을 것이다!'

제갈수련은 여곽의 경계심 가득한 눈빛을 가볍게 넘겼다. 전임 맹주의 패악을 막지 못한 책임을 지고 스스로 총선주에서 물러난 그녀가 아닌가.

여곽이 우려하는 일은 절대 벌어지지 않을 것이다.

'당신은 동맹만 집중해. 이쪽은 황궁과 무림도독부를 신경 쓰느라 정신이 없을 테니까.'

그녀는 고개를 돌려 무당파가 모여 있는 곳을 응시했다. 자연스럽게 적운비를 찾게 된다. 그런 그녀의 귓가에 이중의 전음이 스며들었다.

[아가씨, 그렇게 보면 태가 난다고요. 나비를 유혹해야지, 꽃이 유혹당하면 어쩌나요?]

제갈수련의 얼굴이 일그러졌다.

[나 때문에 일자리를 잃었다고 투정부리는 거야?]

[호호. 그럴 리가요. 작은 아가씨가 맹주 호위로 저를 특채하려 했던 걸요? 아! 이거 비밀이라고 했지.]

이중의 농에 제갈수련은 얼굴을 구겼다.

'어쨌든 혼자 가는 것보다는 낫겠지.'

적운비의 무위와 명성은 일처리를 쉽게 만들어 줄 것이다. 하지만 아직도 이해할 수 없는 것은 갑작스러운 동행이었다. 하산한 이후 적운비는 늘 침중한 표정으로 대부분의 시간을 보냈다.

'무슨 일이지?'

제갈수련은 이중이 놀릴 것을 알면서도 적운비에게 꽂힌 시선을 떼지 못했다.

무당도인의 무리에서 가장 애매한 위치에 있는 것은 다름 아닌 혈인이다. 이미 혈인이 혈마교주의 아들이라는 것은 공공연한 비밀이 아닌가.

혈인은 후미에서 입술을 삐죽거렸다.

그의 시선은 적운비에게 꽂힌 채 떨어질 줄을 몰랐다. 제갈수련이 호의적인 시선이라면 그의 눈빛에는 짜증과 분노가 가득했다.

'도대체 왜 내가 가야 하는 거냐고?'

마음속으로 수백 번이나 외쳐봤지만, 입 밖으로 나오지 않는 이상 무소용이다. 그저 원흉이라고 할 수 있는 적운비를 노려보는 것이 전부였다.

하나 혈인은 적운비의 고개가 조금이라도 돌아갈라치면 잽싸게 시선을 피했다.

'똥이 무서워서 피하냐. 더러워서 피하지.'

*   *   *

정료단의 구성원은 대부분 말을 탔다.

적운비 역시 천룡맹에서 내준 말 위에 올라앉은 상태였다. 고삐를 대충 잡은 것은 물론이고, 자세 또한 엉거주춤하다. 하지만 적운비의 말은 느긋한 표정으로 행렬을 따라 움직였다. 혜검으로 인해 저절로 일어나는 연풍여원기의 영향이었다.

적운비는 다른 사람들이 걱정하는 것처럼 며칠째 생각에 잠겨 있었다. 천괴와 조우했을 당시 일어났던 모든 일을 복기하는 게다.

'천괴를 상대하는 것도 중요하지만, 지금은 목전에 닥친 일을 처리하는 것이 더 급해.'

천괴와의 대화는 많은 정보를 남겼다.

그중 가장 큰 정보는 바로 혈사, 외인 그리고 명수라를 거론했던 점이다.

'혈사는 혈마교와 사도련이야. 외인이라면 장성 너머의 이민족이겠지. 하아, 명수라. 명수라가 도대체 누구지?'

제갈세가, 하오문, 그리고 금백귀까지 동원해서 황궁의 정보를 수집했다. 하지만 황궁의 관료나 귀족 중 명수라와 관련된 자는 찾을 수가 없었다.

'천괴의 제자일 텐데, 수면 아래서 올라올 생각을 안 하는군.'

명수라는 정보를 모을수록 난해한 존재였다.

본래 힘을 가진 자는 드러내기 마련이다.

혈마교주와 사도련주는 물론이고, 적연철방에서 만났던 흑백쌍천 또한 그러했다.

한데 황궁을 움직여 천룡맹과 패천성을 도모하려 했던 명수라의 움직임은 어디에서도 포착되지 않았다. 그야말로 당금 황궁의 실력자라 할 수 있는 황자징이나 제태와 같은 대신들의 그림자에 숨어 있는 셈이다.

'쯧! 태상을 빼내간 이유가 있었군.'

태상을 놓친 까닭에 그가 접선했던 존재를 찾을 방법이 완전히 사라졌다. 탈맹계를 성공시켰을 때 조금 더 집중했어야 했다. 그렇다면 관부의 개입을 예견하고 대비책을 만들 수 있었으리라.

적운비는 아쉬움에 입매를 비틀었다.

그 모습에 멀리서 노려보던 혈인이 움찔하며 시선을 피하는 것은 당연했다.

'저 자식은 기껏 데리고 왔더니 음울한 표정이나 짓고…….'

혈인은 혈마교나 무당파 소속이 아니다. 게다가 무당의 도인들은 대부분 혈인의 정체를 알고 있지 않은가. 녀석이 불편할까 봐 억지로 뒷목을 잡고 동행한 것이다.

"잠시 쉬었다 가겠습니다."

이름 모를 산에서 흘러나온 물줄기가 작은 냇가를 이루고 있는 공터였다.

적운비는 하늘을 힐끔 보고 고개를 갸웃거렸다.

정오가 지난 지 고작 해야 한 시진이다. 벌써 휴식을 취할 이유가 없을 터였다.

그런 적운비에게 의외의 인물이 다가왔다.

"잠시 앉아도 되겠습니까?"

적운비는 오만상을 지으며 말했다.

"존댓말 하지 말랬지?"

무당파의 장문제자인 백이강은 아니될 말이라는 표정으로 고개를 내저었다.

"천위는 배분을 초월한다 했습니다. 무당, 나아가 천하를 돌봐야 하는 자리가 아닙니까. 무당의 제자로서 존댓말을 하는 것은 지극히 당연한 일입니다."

적운비는 백이강을 노려봤으나, 이내 한숨을 쉬며 털썩 주저앉았다. 만약 녀석의 표정에서 조금이라도 마뜩찮은 기운을 찾았다면 제대로 한 소리를 해 주었을 것이다. 하나 폐관수련을 하면서 무슨 바람이 불었는지 녀석의 눈동자에는 진심이 가득했다.

'원래 강직한 녀석인 줄은 알았지만, 이건 너무 고지식한데?'

진심이라고 해서 마냥 반가운 것은 아니었다.

적운비가 무당파를 위한다고 해서 협의지심이 충만한 것은 아니었기 때문이다.

하나 그렇다고 백이강을 무시하거나, 막대할 수도 없는 노릇이었다.

무엇보다 장문인이 개인적으로 부탁하지 않았던가.

백이강은 무당파의 정수를 흡수하며 몇 단계나 성장했다. 하나 그는 지금껏 무당산을 벗어난 경험이 전무하지 않던가. 실전이라고 해봤자 무당파를 멸하려던 대천단과 싸웠던 것이 고작이었다.

그렇기에 장문인은 백이강을 정료단에 동행시켰다.

패천성의 영역에서 화산파와 같은 명문과 교류했던 경험은 훗날 큰 도움이 될 것이라 예상한 게다.

'쯧, 보모 노릇이라니…….'

적운비는 백이강을 손짓하여 자신의 맞은편에 앉게 했다.

"무슨 일이야?"

"반 시진 정도면 삼문비당의 영역이랍니다. 이곳에서 일각 정도 휴식 한 후 출발하면 약속했던 시간과 얼추 맞아떨어질 것이라는군요. 이후 일정은 취웅당이 맡아서 할 겁니다."

백이강의 말에 적운비는 탄성을 흘렸다.

"아! 그래서 오는 길에 냇가가 그리 많았군."

"예, 조만간 삼문협에 들어서게 됩니다."

적운비는 턱을 쓰다듬었다.

"흐음, 삼문협이라…… 한 번쯤 보고 싶었는데 잘 됐네. 마전풍 녀석을 꼬여서 구경이나 해야겠다."

백이강은 고개를 갸웃거렸다.

"그건 쉽지 않을 것 같습니다."

"무슨 소리야?"

"요즘 삼문비당의 상황이 그리 좋다고 하더군요."

적운비는 어깨를 으쓱거리며 웃었다.

"훗, 아직도 안정을 못 시킨 건가?"

적운비가 천룡학관을 탈출한 것도 벌써 몇 년 전의 일이다. 그 말은 곧 취응당이 서기병문과 삼문비당의 영역을 흡수한 세월도 상당함을 뜻했다. 그러니 적운비가 비웃는 것도 당연했다. 오히려 소화도 못 시키는 것을 쥐고 아직까지 버티고 있는 게 용할 정도였다.

"그게 아니라……."

백이강의 말을 듣던 적운비가 눈을 가늘게 떴다.

취응당의 사정이 생각했던 것보다 좋지 않았기 때문이다.

'그 자식이 살아 있다고?'

*　　*　　*

취응당은 호화로운 연회로 정료단을 기쁘게 했다.

여곽은 마치 자신이 천룡맹주라 된 것처럼 으스댔다. 괄괄한 성정으로 유명한 마태웅은 그런 여곽을 대하면서도 군말 없이 연회를 이어갔다.

적운비는 마태웅의 표정을 살피며 침음을 삼켰다.

낯빛이 어둡고, 눈빛에는 시름이 가득했다.

'생각보다 심각한가 보네.'

적운비는 다른 사람들보다 일찍 자리를 떴다. 아니나 다를까 마전풍이 적운비를 따라 연회장을 벗어났다.

적운비는 한적한 곳에서 걸음을 멈췄다.

"일부러 나온 거지?"

"묘한 이야기를 들었거든."

"어디까지?"

"중요한 건 내가 관심을 가졌다는 것 아니겠어?"

마전풍은 씁쓸한 웃음을 지었다.

"맹주가 좋게 이야기해 주었군."

"네가 맹주한테 그만큼 공을 들였다는 증거겠지. 길게 끌고 싶은 생각은 없으니까 이야기해 봐."

적운비의 말이 떨어지기 무섭게 마전풍은 한숨을 내쉬었다.

"이게 다 태상의 탓이야. 그날 이후……."

*　　*　　*

거친 물살과 그것이 만들어 낸 천혜의 절경.

삼문협을 뜻한다.

이른 아침부터 삼 장 길이의 진선(津船)이 삼문협의 거센 물결을 헤치며 나아갔다.

그들의 목적지는 무령도(巫靈島)라는 이름의 작은 섬이었다. 그리고 무령도는 삼문비당의 구성원이었지만, 지금은 멸문한 무령당의 근거지였다.

한데 사람이 살지 않는다는 무령도에 다가갈수록 짙은 안개가 시야를 가리기 시작했다.

"벌써 시작인가?"

적운비는 천으로 코를 막은 채 중얼거렸다.

잠시 후 제갈수련의 나직한 한 마디가 들려왔다.

"독이나 미약이 아니야. 그냥 안개야. 삼문협은 와류가 넓고, 깊을 때 물안개가 일어나기도 해. 그런데 이건 너무 심한걸?"

"잠깐! 이거 천둥소리 아니야? 부슬비도 내리잖아."

혈인은 허둥지둥하며 주변을 살피기에 여념이 없었다. 적운비는 느긋하게 입을 막았던 천을 치우며 입꼬리를 올렸다.

"너만 믿는다."

제갈수련은 미간을 찡그리며 말했다.

"보기 전에는 장담 못해. 그리고 이런 건 소소가 전문이라고."

잠시 후 안개가 밀려나며 무령도가 나타났다.

적운비는 무령도를 마주하는 순간 헛웃음을 흘렸다.

"여기 원래 그랬어요?"

진선의 후미에서 노를 젓던 사공이 고개를 내저었다.

"무령도는 아름다운 섬이었습니다. 그들이 저렇게 만든 거지요."

적운비는 무령도를 마주한 채 표정을 굳혔다.

"뭘 하면 섬 전체가 저렇게 되는 거지?"

*　　　*　　　*

사건의 발단은 무화운의 탈옥이었다.

뇌옥의 갇혔던 죄인이 홀로 탈출을 했으니 모종의 거래가 있을 것이라 의심된다. 분명 모든 죄를 적운비에게 뒤집어씌우는 조건의 거래가 있었으리라.

하나 적운비는 그리 단순하게 생각지 않았다.

'태상이라면 자백을 한 무화운을 죽여 버렸겠지. 최고의 일처리는 애초에 일을 만들지 않는 것이니까.'

그러나 무화운은 살았다. 그뿐 아니라 삼문협까지 흔적도 없이 도망치는데 성공했다.

당시 삼문협은 민초들이 불안에 떨 정도로 전운이 감돌았다. 취응당이 삼문비당은 물론이고, 서기병문의 세력까지 모조리 흡수했기 때문이다. 취응당과 멸문의 잔당들이 당장이라고 칼부림을 할 것처럼 살기가 가득했다.

무화운이 홀로 돌파하기란 불가능에 가까웠다.

분명 태상의 손이 닿은 결과였다.

그가 원하는 것은 불을 보듯 뻔했다.

취응당을 억제할 대상으로 무령당을 선택한 것이다.

무령당은 무화운이 합류한 후 무령도 전체에 진법을 펼쳤다. 모산파의 비전을 이어받았다는 소문이 사실이었는지 진법을 깨기란 요원한 일이었다.

결국 취응당은 무령도 전체를 금지로 정하고 손을 뗐다. 권암당과 서기병문을 흡수하는 것이 시급하다고 여긴 것이다.

그렇게 세력을 수습하는 동안 무령도에서 괴사가 일어났다. 무령도에서 매일 같이 독연이 피어올랐고, 섬 주변으로 독수가 유입됐다. 어민들은 고기를 잡지 못하니 그 원망은 모두 취응당으로 향할 수밖에 없었다.

저들끼리 살겠다면 상관없는데 무슨 짓을 하는 건지 미약이나 독과 같은 연기가 하루 종일 흘러나와서 벌써 수십 명이 죽었단다.

그러니 취응당이 믿을 것은 천룡맹뿐이었으리라.

한데 여기서 태상의 목적이 드러났다.

태상은 취응당을 돕는 조건으로 서기병문의 영역을 요구한 것이다. 결국 취응당주는 태상의 손아귀에서 놀아날 수밖에 없었다.

탈맹계가 아니었다면 말이다.

적운비는 강호인과 세력을 쥐락펴락하려는 태상을 떠올리며 혀를 찼다. 다시 한 번 태상을 놓친 것에 대한 짜증이 치솟았다.

'악취미를 가진 노인네 같으니라고!'

사공이 강 속으로 노를 깊게 찌르며 말했다.

"도착했습니다."

적운비는 무령도에 발을 들이며 혀를 찼다.

"다른 건 몰라도 기분을 더럽게 만드는 건 확실해."

자욱한 안개는 그렇다손 치더라도 햇빛을 가린 탓에 섬 전체가 어두웠다. 좁은 모래사장을 지나면 높다란 절벽이 섬 전체를 둘러싸고 있었다.

그리고 배를 맬 수 있는 곳에는 대놓고 입구처럼 보이는 오솔길이 존재했다.

적운비를 따라 제갈수련과 혈인이 육지에 발을 들였다.

"마치 혈마교에 온 것 같군."

혈인의 말에 적운비가 헛웃음을 지었다.

"너 그거 누워서 침 뱉는 거다."

"닥쳐!"

제갈수련은 적운비와 위지혁의 대화를 들으며 자신도 모르게 입꼬리를 올렸다.

격의 없는 모습이 재밌기도 했고, 부럽기도 했다.

그런 그녀의 귓가에 적운비의 한 마디가 들려왔다.

"뭐해?"

제갈수련은 황급히 적운비의 뒤를 따라 오솔길에 들어섰다.

십여 장 정도의 오솔길이었지만, 주변 풍경은 황량하기 그지없었다. 무령당의 입구로 보이는 철문은 쓰러져 있었고, 벽은 죄다 허물어진 상태였다. 한 차례 혈투가 있었는지 무너진 망루와 녹슨 병장기가 사방에 가득했다.

"다급하게 후퇴했나 본데?"

"애초에 무령당은 힘으로 세를 불린 게 아니니까."

적운비는 걸음을 옮기며 침음을 삼켰다.

"흠, 그렇군. 다급하게……."

혈인이 눈을 휘둥그레 뜨며 외쳤다.

"음양대극진이다!"

적운비는 걸음을 멈추며 묘한 눈빛을 내비쳤다.

'마전풍이 말한 것 이상이잖아?'

음양대극진(陰陽大極陣)은 이름처럼 음기와 양기를 극대화시켜 충돌시킨 진법이다. 대자연의 기운을 응집시켰으니 운무와 뇌전이 일어나는 것도 일견 당연했다.

적운비는 내력을 일으켜 진법으로 흘려보냈다.

한데 진법의 기운과 충돌을 일으키기는커녕 자연스럽게 뒤섞여 돌아오는 것이 아닌가.

"나 먼저 들어간다. 너희들은 기다려."

진법을 해결하기 위해 단서를 찾던 제갈수련은 눈을 휘둥그레 떴다.

"뭐, 뭐야?"

그러나 적운비는 진법 속으로 거리낌 없이 발을 들이는 것이 아닌가.

제갈수련은 허망한 표정을 짓다가 이내 미간을 찡그렸다. 아무리 자신의 마음을 들켰다지만, 이건 너무 한다는 생각이 들었다.

"뭐야? 저렇게 들어갈 거면 나는 왜 데리고 온 거야!"

혈인은 슬그머니 제갈수련의 눈치를 보다가 한 마디를 내뱉었다.

"저랑 친해지기를 바라는 게 아닐까요?"

제갈수련은 잠시 어색한 표정을 지었다.

"흐흠. 죄송하지만, 저는 잠시 생각할 것이 있어서……."

*   *   *

적운비가 진법으로 발을 들이는 순간 안개가 전신을 휘감는다. 하지만 내력의 수발은 무리가 없었고, 육신 또한 마음먹은 대로 움직였다.

하나 긴장의 끈을 놓지 않았다.

음양대극진의 묘용은 육신의 제약이 아니라 심중을 파고든다고 들었기 때문이다.

마전풍의 말에 따르자면 음양대극진에 들어갔던 사람은 모두 살아 나왔단다. 다만 모두 광인이 되어 비참한 최후를 맞이했다더라.

음과 양의 조화가 어긋나면 심마가 찾아온다.

'과연 나는 어떨까?'

적운비가 음양대극진에 관심을 가지게 된 이유였다.

당금 강호에서 그의 성취를 확인하고, 판단할 사람은 없다시피 했다. 생각만으로도 불쾌했지만, 천괴와 다를 바가 없던 게다.

유일무이하기에 벗어날 수 없는 고독과 공허함.

천괴는 적운비를 찾아 인정받으려 했지만, 적운비는 천괴에게 인정받을 생각이 전무했다.

혜검은 하늘이 내려준 것, 그러니 하늘에 인정을 받는 것이 옳으리라.

'인간이 만든 진법이지만, 허락한 것은 하늘이라. 내가 음양의 조화를 이뤄 올바른 길로 가고 있다면 심마는 찾아오지 않을 것이야. 하나 내가 틀렸거나, 천괴로 인해 흔들렸다면 하늘이 경고해 주겠지.'

쉬이이이잉—

얼굴을 스치고 지나가는 바람이 조금씩 거세진다.

물기를 잔뜩 품은 바람에 절로 눈살이 찌푸려졌다.

'시작인가?'

이제 백여 장은 족히 걸은 듯하다. 하지만 안개는 여전했고, 바람과 물기는 조금씩 강해진다.

적우비는 입꼬리를 올렸다.

'확실히 시작됐군. 뭐가 나오려나?'

진법의 갇힌 이들은 악귀를 보기도 하고, 죽은 자를 만나기도 한단다. 심약한 자는 그것만으로도 광기를 일으키며 현실에서 도피하려 할 것이다.

하나 적운비는 강약을 떠나 도가의 공부를 대성하지 않

앐던가. 그렇기에 새로운 경험에 대한 호기심까지 드러냈다.

"기왕이면 제대로 된 걸로 덤벼보라고."

이제 삼백 장은 족히 걸은 듯하다.

섬을 가로지르기에 충분한 거리였다.

하지만 적운비는 개의치 않았다.

설령 진짜 악귀가 나타났다고 해도 혜검을 익힌 이상 심마는 반드시 극복할 것이라 믿는 게다.

하나 오백 장이 지나고, 한 마장이 훌쩍 지났을 때에는 더 이상 웃음기를 유지하기가 어려웠다. 이 정도면 섬을 두어 바퀴는 돌았다고 해도 이상하지 않을 정도가 아닌가.

적운비는 표정을 굳혔다.

'내가 틀렸다. 나는 이미 걸려들었구나.'

한숨과 함께 그대로 주저앉았다.

진법에 먹혔으니 움직이는 것은 의미가 없다.

이제는 진법이 깨지든 적운비가 깨지든 결판을 내야할 때였다.

적운비의 입가에는 절로 쓴웃음이 맺혔다.

"자만했구나. 자만했어. 언제부터 내가 마음속에 오만함을 품었단 말이냐. 이래서야 무당을 짊어질 자격이나 있겠는가?"

그 순간 적운비는 눈을 부릅떴다. 그러고는 이내 눈을 감고 호흡을 가다듬기 시작했다. 잠시 후 스스로 마음속 깊이 파고들어 심상의 단계에 이르렀다.

자신을 한 걸음 떨어져서 객관적인 시선을 유지하려는 게다.

'자만하지 않는다. 다만 믿을 뿐이다. 내가 바뀌어 네가 바뀌고, 그로 인해 세상이 바뀌길 원할 뿐이다. 그런 내가 자만을 하기 시작한 것이 언제인가?'

답은 생각할 것도 없었다.

음양대극진법(陰陽大極陣法)!

진법에 들어선 이후 자신은 단 한 번도 경계심을 지닌 적이 없었다.

태극혜검만 있으면 무소불위라 믿었기 때문이다.

이 또한 근원적으로 파고들면 천괴와의 만남이 있었기 때문이리라.

완전무결을 자랑하던 천괴를 만난 이후 적운비 역시 자신도 모르게 무결을 마음속에 담은 것이다.

혜검만 완벽하게 깨달으면 불가능은 없다!
고금제일을 넘어 하늘과 영통하게 되리라!

절로 실소가 흘러나온다.

이 무슨 치기 어린 다짐이란 말인가.

'내가 뭐기에 혜검을 재단한단 말인가?'

그 순간 다시 한 번 적운비의 정수리를 후려치는 충격이 있었다.

쩡—

깨졌다. 산산조각이 났다.

그리고 그 파편 속에서 또 다른 무언가가 정립되기 시작했다.

적운비는 스스로에게 물었다.

혜검을 재단한다고? 어째서인가?

혜검이 불완전하기 때문이다.

그걸 판단할 자격이 누구에게 있단 말인가?

내가 익혔으니 판단하는 것이 당연하다.

"아니야! 그렇지 않아!"

육성으로 일갈이 터져 나왔다.

적운비는 부끄러움에 온몸을 떨며 생각했다.

'아…… 인간은 신이 되기에는 불완전한 존재. 그러니 혜검이 아무리 조화로워도 인간이 익힌 이상 불완전한 것은 당연하다. 그랬구나. 내내 마음에 걸리던 것이 이것이었어. 나는 불완전하다. 나는 한낱 인간에 불과하다. 그러니

혜검이 조화롭길 바라지 말아야 했다.'

도가도 비상도(道可道 非常道)라는 구절이 떠오른다. 도라고 부르는 순간 이미 도가 아닌 것이다. 혜검 또한 마찬가지가 아니겠는가. 혜검이 조화롭기를 바라는 순간 혜검은 조화롭지 않게 된다.

적운비는 수많은 경전을 읽고, 익혔고, 깨달았음에도 가장 기본적인 함정에 빠진 것이다.

'혜검은 조화롭다. 그러나 나는 조화롭지 않다. 그러니 혜검에 방해가 되는 것은 내가 아닌가?'

이내 명쾌한 깨달음이 정수리를 강타했다.

내가 조화로우면 혜검은 절로 따르리라.

그 순간 안개가 걷혔다.

마치 하늘에 구멍이라도 나서 빨려 들어간 것처럼 한순간에 사라져 버린 것이다.

적운비는 시야가 밝아졌음에도 인상을 구겼다.

눈앞에는 시체가 가득했고, 그로 인한 혈향과 썩은 내가 사방에 진동했다.

"하아……."

절로 탄식하게 된다.

시체 중 사지가 멀쩡하게 붙어 있는 시체는 찾아볼 길이 없을 정도였다. 누군가 강제를 뜯어낸 것처럼 참혹하기 그지없는 광경이었다.

"누가 이런 짓을?"

적운비의 물음에 호응하듯 무너진 담장 너머에서 기이한 울음이 들려왔다.

"끄어어어어."

잠시 후 괴인이 모습을 드러냈다.

누더기처럼 보이는 의복은 본래 질 좋은 화의였으리라. 다만 찢기고, 피에 절어 검붉게 번들거리고 있을 뿐이었다.

괴인이 적운비를 쳐다봤다.

코를 벌름거리는 것이 냄새를 맡았나 보다.

잠시 후 피에 젖어 뭉쳐든 머리카락 사이로 붉은 안광이 번뜩였다.

적운비는 그 모습에 미간을 찡그리며 중얼거렸다.

"무화운?"

그 순간 괴인이 비조처럼 몸을 날리며 적운비를 향해 꽂혀 들었다.

크아아아아!

괴인으로 변한 무화운의 움직임은 혈풍을 동반했다.

핏빛 돌개바람이 괴인의 손을 떠나 꽂혀 들었다.

콰지직!

형체를 알아볼 수 없던 시체들은 광풍에 휘말리자, 육편이 되어 사방으로 비산했다.

"크아아아아!"

무화운의 숨소리는 흥분으로 인해 거칠었다. 그는 기다란 혀를 늘어트린 채 입술을 핥았다. 이미 피에 길들여진 무화운은 당장이라도 구덩이를 헤치고, 적운비의 몸뚱이를 탐닉할 생각밖에 없었다.

한데 자신이 만들어놓은 폐허를 뒤졌지만 적운비의 시신은 찾을 길이 없었다.

무화운은 기음을 토하며 기감을 일으켰다.

한데 그 순간 무화운의 등 뒤로 적운비가 소리 없이 나타났다. 그러고는 허리띠처럼 묶여 있던 교룡검을 뽑아 들었다.

스릉—

적운비의 눈빛은 그 어느 때부터 스산했다.

허리춤에서 뽑힌 교룡검은 곧게 펴지는가 싶더니 반동을 이용해 목표를 바꿨다. 그러고는 소리 없이 무화운의 목을 휘감았다.

"크헉!"

교룡검이 휘감긴 후에야 무화운의 몸이 움찔거린다.

적운비는 일말의 망설임도 없이 교룡검을 잡아당겼다.

좌라라라락!

무화운의 목이 몸뚱이에서 분리됐다.

적운비는 바닥을 구르는 무화운의 머리를 쳐다보지도 않고 마을의 곳곳을 살폈다. 장정 두엇은 들어갈 법한 항아리가 곳곳에 놓여 있었다. 적운비는 연기가 흘러나오는 항아리가 보이는 족족 산산조각을 냈다.

삽시간에 독연이 주변을 가득 채운다.

적운비는 양손을 휘저어 독연을 하늘 위로 밀어 올렸다.

*　　　*　　　*

적운비는 취응당주의 극진한 대접을 받았다.

그러나 무령도의 상황을 듣고 실망한 기색을 숨기지 못했다.

무령도는 다시 금지가 되었다.

제 모습을 찾으려면 수십 년이 흘러야 할 것이다.

정료단은 이틀 후 패천성을 향해 출발했다.

삼문비당을 비롯해 패천성 근처에 자리한 문파들을 시찰하기 위한 휴식이었다.

"내일이면 산서성에 들어섭니다. 천룡맹의 무인답게 처

신을 바로 합시다."

여곽의 일장연설이 없었더라도 정료단의 무인들은 긴장감을 감추지 못했다. 정파라고 해도 수십 년간 교류가 끊겼던 패천성이 아닌가.

그리고 정료단이 삼문협을 지나 산서성의 경계에 이르렀을 때였다.

진예화가 조용히 이별을 고했다.

"잠깐 고향에 다녀올게요."

백이강은 무정선자에게 들은 이야기가 있었기에 고개를 끄덕였다.

"별일 없겠지만, 조심히 잘 다녀와."

적운비는 진예화가 떠나기 전에 물었다.

"같이 가줄까?"

진예화는 잠시 머뭇거렸지만, 환하게 웃으며 고개를 내저었다.

"괜찮아. 모르는 곳을 가는 것도 아닌데…… 그리고 너는 해야 할 일이 있잖아. 너희들은 무당의 대표로 나온 거고, 나는 고향에 가려고 하산한 거야. 나 때문에 무리하지 않아도 돼."

적운비는 할 말을 잃었다.

그녀의 말처럼 이번 일은 패천성과 천룡맹의 동맹을 강

화하는 것보다 더 큰 목적을 지니고 있었다.

이번 기회에 태상을 완전히 무너트리고, 천괴와 싸울 수 있는 발판을 마련해야 하지 않겠는가.

그러나 진예화가 멀어질수록 침음을 흘리며 고개를 내저었다.

"패천성에 도착하면 먼저 화산파의 장로를 만날 거야. 매계사협이 자리를 만들어 줄 거야. 이번에는 제멋대로 하고 싶은 것만 하지 말고, 상대를 배려하면서 말을 해 줬으면 좋겠어."

"그래. 그래야지."

"화산파의 장로를 통해 패천성의 전석회의를 열 거야. 그때 너와 내가…… 지금 내 말 듣고 있는 거야?"

적운비는 지나온 길에서 눈을 떼지 않았다.

"눈에 밟혀서 안 되겠다."

제갈수련의 낯빛에 그림자가 드리워졌다. 적운비의 말에 포함된 의미를 모를 리 없는 그녀였다.

"가려고?"

서운함이 가득한 물음에 해맑은 대꾸가 돌아왔다.

"무당파잖아."

"늦지 마."

적운비는 빙긋 웃으며 손을 흔들더니 일진광풍과 함께

사라졌다.

제갈수련은 적운비가 그랬던 것처럼 그가 사라진 곳에서 눈을 떼지 못했다. 잠시 후 그녀의 곁에 이중이 모습을 드러냈다.

"출발선이 다르네요. 이번 기회에 무당파에 입문하는 건 어때요? 그러면 공평하게 신경 써 줄 것 같은데……."

제갈수련은 자신의 마음을 읽히고, 못마땅한 표정을 지었다.

"이렇게 대놓고 나서도 되는 거야? 명색이 비밀호위잖아."

이중은 헤죽 웃으며 어깨를 으쓱거렸다.

"어차피 백수잖아요. 그럼 아가씨를 지키는 건 무료로 봉사하는 건데 숨어서 살기에는 너무 억울하더라고요. 이제 따뜻한 밥 먹고, 편안한 침상에서 잘 거예요."

제갈수련은 헛웃음을 지었다.

"호호, 그럼 존대할 필요도 없잖아. 이참에 언니라고 불러줄까?"

이중은 진지한 표정으로 고개를 내저었다.

"그건 조금 징그러운데……."

*   *   *

삼문협의 양대 축이라 할 수 있었던 삼문비당과 서기병문의 균형이 무너졌다.

최종 승자는 취응당이었지만, 그들은 모든 것을 수습할 만한 여력을 지니지 못했다. 그렇기에 두 문파로 인해 숨죽였던 중소방파들이 난립하기 시작했다.

천지문(天地門)도 그중 하나였다.

작은 촌락 두어 곳의 자릿세를 받아 생활하던 소문파가 혼란을 틈타 삼문협 북부에 상당한 영향력을 미치게 된 것이다.

천지문주 염세탁의 별호는 추혈검이지만, 사람들은 그를 대악조(大惡祖)라 불렀다. 세력을 불리고, 이권을 차지하기 위해서라면 물불을 가리지 않는 성정 때문이었다.

자릿세를 걷는 것은 기본이고, 강제로 염왕채를 남발했다. 할당량을 채운 문도는 상여금을 주고, 직위를 올려줬다. 그렇지 못한 문도는 월봉을 주지 않았고, 심지어 매질을 한 후 파문하기도 했다.

그는 두려울 것이 없었다.

거대문파와 관부에 뇌물과 기녀들을 끊임없이 제공했기 때문이다. 그러니 문주를 비롯한 문도들의 패악질은 날이 갈수록 심해질 수밖에 없었다.

염치무는 그런 천지문과 상성이 좋은 자였다.

문주의 조카라는 위치를 이용해 제멋대로 행동했다.

그러니 촌민들을 협박하고, 괴롭히는데 거리낌이 없었다.

그는 오늘도 염왕채를 쓰지 않으려는 촌부를 앞에 두고 입꼬리를 올렸다.

"이쯤 되면 이해하시겠소? 염왕채가 꼭 나쁜 것은 아니야. 언제까지 이 모양 이 꼴로 사실 셈이오? 아들 장가도 보내고, 노후를 여유롭게 사셔야 하지 않겠소이까? 제때 갚기만 한다면 아무 문제가 없다니까?"

중년인은 고개를 내저었다.

"몇 번을 말했지만 우리는 염왕채가 필요하지 않소. 현재 생활에 만족하고 있으니 개의치 마시오."

염치무는 몇 번이나 중년인에게 권유했다. 하나 중년인은 요지부동이었다. 결국 염치무의 표정에 짜증이 섞여들었다.

"마을 대표라고 해서 좋게만 대했더니! 세상 돌아가는 걸 모르는구나!"

염치무의 짜증 섞인 한 마디와 함께 흉악해 보이는 장정들이 하나둘 씩 모습을 드러냈다.

그 수가 무려 스무 명이다.

중년인은 천지문도들의 위압감에 주춤거리며 물러섰다. 염치무는 그 모습을 보고 키득거리며 종이 한 장을 내밀었다.

"좋게 말할 때 쓰지?"

"관부의 승인을 받고 주인 없는 땅을 개간했소. 이 마을 사람들 모두 마찬가지요. 그럼에도 불구하고 천지문에 자릿세를 내지 않았소. 한데 이게 무슨 행패란 말이오?"

염치무는 중년인의 올바른 소리에도 콧방귀를 꼈다.

"알게 뭐야. 다 필요 없고, 여기서 먹고 살려면 천지문의 법도를 따르라고. 알겠어?"

중년인이 무인의 기세를 받아내기란 요원한 일이다.

그러나 중년인은 부들부들 떨면서도 시선을 떨구지 않았다.

"그, 그럴 수 없소. 염왕채의 폐해를 모르는 사람이 없는데 강제로 쓰게 만드는 법이 어디 있단 말이오."

염치무는 중년인을 빤히 쳐다보다가 혀를 찼다.

"야! 문 닫아."

"무슨 짓이오?"

중년인의 외침과 상관없이 문도들은 망을 보고, 문을 닫아걸었다.

스릉―

문도들은 병장기를 뽑고 거침없이 내실로 들어섰다.

"무, 무슨 짓이야!"

대답 대신 주먹이 날아들었다.

염치무는 피 흘리며 쓰러진 중년인의 앞에 쪼그려 앉았다.

"좋게 말할 때 들었으면 얼마나 좋아. 지금부터 일어나는 일은 모두 당신 책임이야."

중년인은 아내와 아들이 끌려나오는 모습에 눈을 부릅떴다.

"그만둬! 이게 무슨 짓이냐?"

염치무는 중년인의 하소연이 재밌는지 웃음을 멈추지 않았다.

"당신 책임이라고 했잖아. 그러니까 왜 가만있는 사람을 건드려?"

끼이익—

그 순간 문이 열렸다.

염치무는 미간을 찡그리며 소리쳤다.

"문 닫으라고 했잖아!"

한데 술에 절어서 컬컬한 목소리가 아닌 낮고 부드러운 대꾸가 들려왔다.

"여기 우리 집인데?"

염치무가 낯선 목소리에 고개를 돌렸다.

촌락의 여인이라고 볼 수 없을 정도로 아리따운 여인이 아닌가. 염치무는 색욕을 참지 못하고 슬그머니 몸을 일으켰다. 그리고 그가 입을 떼려는 순간이었다.

여인은 일장의 거리를 넘어 몸을 날렸다. 그러고는 염치무의 입을 사정없이 후려쳤다.

빠각!

"크헉!"

문도들은 염치무를 걱정하여 달려왔다.

하나 여인은 검갑으로 하나씩 두들기며 내달렸다.

퍼퍼퍼퍼퍽!

중년인은 자신을 일으키는 여인을 보고 눈을 휘둥그레 떴다.

"예화야."

진예화는 눈물을 글썽이는 아비를 보며 덩달아 눈시울을 붉혔다.

"아버님, 제가 너무 늦었지요?"

"아니다. 아니야. 무사했구나! 소식이 뜸해 걱정이 많았다.. 다행이야. 다행이로구나."

아비는 진예화를 부둥켜안고 끊임없이 등을 쓰다듬었다. 어미와 동생도 뒤늦게 진예화를 알아보고 달려왔다. 십수 년만의 해후가 아닌가. 마치 전란통에 헤어졌던 가족이 다시 만난 것처럼 눈물바다가 됐다.

하나 해후의 기쁨도 오래가지 못했다.

콰쾅!

누군가의 장력으로 인해 문이 산산조각 났다.

그리고 수십 명의 무인들이 쏟아져 들어왔다.

"천지문주·염 대협님이시다!"

무인들이 옆으로 섰고, 그 중심으로 화복을 입은 중년인이 거드름을 피우며 나타났다.

"감히! 어떤 놈이 내 조카를 건드렸다고?"

염치무가 황급히 다가와 진예화를 가리켰다.

"저년입니다!"

염세탁은 수염을 쓰다듬으며 입매를 실룩거렸다.

"흥! 어디서 얻어 배운 한 수가 있는 계집이로구나. 하지만 몰라도 너무 몰라."

스릉—

진예화는 대답 대신 검을 뽑았다.

염세탁은 그 모습에 혀를 끌끌 찼다.

"아무것도 모르고 검부터 뽑아드는 꼴을 봐라. 이래서 강호가 하루도 조용할 날이 없어."

"닥쳐라. 정파의 영역에서 염왕채를 돌리려는 악인들과

대화를 나누고 싶지 않아."

진예화의 호기로운 한 마디에 염세탁을 비롯한 천지문도들은 폭소를 터트렸다.

"크하하! 어리석은 계집이로구나. 그래, 검을 뽑았으면 휘두르기라도 해야지. 자! 어쩔 것이냐? 우리 모두를 죽일 것이냐? 아니면 포박이라도 해서 관청에 넘길 셈이냐?"

염세탁의 당당함에 진예화는 미간을 찡그렸다.

"아직도 상황파악이 안 되는 것이냐? 더 쉽게 얘기해 주지. 천룡맹 지부가 여기서 십오 리고, 삼문비당의 지소는 십리 거리다. 그리고 내가 이 짓을 해 먹은 게 올해로 삼 년째야. 한데 왜 지금까지 무사할까? 네 말처럼 여기는 천룡맹의 영역인데 말이야."

진예화의 눈동자가 흔들렸다.

노회한 염세탁이 그것을 놓칠 리 없다. 그는 더욱 기세등등하게 외쳤다.

"네가 무슨 짓을 하든 내가 장담하마. 반드시 돌아와서 네가 아는 모든 자를 죽일 거다. 이 마을도 모두 불살라 버릴 것이야."

진예화는 경악을 금치 못했다.

실상 강호초출이나 다름없는 그녀에게 염세탁의 언행은 충격과 공포, 그 자체였다.

염세탁은 진예화의 검이 부르르 떨리는 것을 보며 미소를 지었다.

"네가 평생 지키겠다고? 어디 한 번 지켜봐라. 내가 가진 천만금을 모두 사용해서라도 네년을 찢어죽일 수 있는 고수를 데리고 올 테니까 말이야."

진예화의 검 끝이 천천히 바닥을 향해 늘어졌다.

그 순간 낯익은 목소리가 천천히 들려왔다.

"무당의 제자는 불의를 앞에 두고 결코 물러서지 않는다. 안 그래?"

진예화는 화색을 띠며 소리쳤다.

"운비야!"

적운비는 담장 위에 서서 나직이 말을 이었다.

"사형이다."

"으, 응. 사형."

진예화는 왠지 모르게 낯부끄러운 표정을 지었다.

염세탁은 그 모습에 헛웃음을 흘렸다.

"저 연놈들이 뭐 하는 거냐? 뭣들 하는 것이야? 당장 끌어내려!"

문도 중 서넛이 담장을 향해 달려들었다.

하나 적운비는 날파리를 쫓는 것처럼 가볍게 손을 휘저었다.

바람은 채찍이 되어 천지문도들을 두들겼다.

"끄억!"

허리가 꺾인 채 튕겨 나가는 놈, 머리가 반 바퀴나 돌아간 놈 등 당하는 꼴도 각양각색이다.

"뭐, 뭐야?"

혜검과 면장의 조합이니 염세탁이 알아볼 리 만무했다. 적운비의 무위는 범인의 상식을 넘어섰다. 그리고 비정상적인 상황에 마주친 범인의 행동은 두 부류로 나뉜다.

두려움에 도망치거나, 공세를 펴는 것이다.

염세탁은 당황스러움을 이기지 못하고 수하들을 향해 명령을 내렸다.

"다 죽어버려!"

진예화는 더 이상 망설이지 않았다.

평생 지켜야 한다면 지킬 것이다.

다시 무당으로 돌아가지 못한다고 마찬가지다.

내 가족을 지키고, 내 고향을 지키는 일이다.

미적거리다가 후회할 일은 만들지 않을 것이다.

지이이이잉—

진예화는 아홉 개의 검영을 만들어 흩뿌렸다.

구궁신행검의 절초를 천지문도가 받아낼 리 만무했다. 게다가 술과 미약에 취해서 평소의 무위도 발휘하지 못하는 반 폐인들이 아닌가.

"크헉!"

삽시간에 십여 명이 쓰러졌다.

천지문도들은 겁에 질린 채 물러섰다.

염세탁의 표정 또한 다르지 않았다. 생각보다 강한 진예화의 무위에 경계심을 드러낸 것이다.

"저년이 감히! 내일이라도 네년을 무림공적으로 몰아버릴 수도 있어! 감히 천지문주인 나를……."

"뭐해? 더 말해 봐."

적운비의 말에 염세탁은 턱을 부들부들 떨었다.

교룡검이 목젖을 겨눈 탓에 입이 떨어지지 않았다.

"말해 보라니까?"

염세탁은 적운비를 올려다보며 씹어뱉듯이 읊조렸다.

"흥! 손바닥으로 하늘을 가릴 수 없는 법, 네놈이 언제까지……."

찰싹!

적운비가 교룡검의 검면으로 염세척의 뺨을 후려친 것이다.

"그 말은 이럴 때 쓰는 게 아니야."

"크흑!"

염세척은 수치심을 이기지 못하고 얼굴을 붉혔다.

하나 이내 눈을 휘둥그레 떴다.

적운비가 검을 거두고 물러난 것이다.

"뭐하는 짓이냐?"

"불러와."

"뭐, 뭐라고?"

염세척이 되묻자, 적운비는 미간을 찡그리며 말했다.

"네가 뭐든 다 할 수 있을 거라며? 복수한다며? 지금 기회를 줄 테니까 할 수 있는 걸 다해봐."

"저, 정말이냐?"

적운비는 천지문도를 살피다 염치무를 가리켰다.

"너구나."

갑작스레 지목당한 염치무가 더듬거리며 말했다.

"나, 나를 왜?"

적운비는 염치무를 향해 다가갔다.

"가서 연줄이 닿는 놈들 다 불러와봐. 상대해 줄 테니까."

염치무가 염세탁을 쳐다봤다.

염세탁이 고개를 끄덕이자, 염치무는 금세 기고만장하여 입꼬리를 올렸다.

"넌 오늘 큰 화를……."

"닥쳐!"

적운비는 염치무의 말이 끝나기도 전에 가슴팍을 걷어찼다.

"가서 네 뒷배나 불러와. 그리고 다시는 무당제자를 향해 함부로 입을 놀리지 마라!"

염치무는 가슴팍을 부여 쥐고 급히 도망쳤다.

염세탁은 오만상을 지으며 적운비를 향해 읊조렸다.

"무당파였나? 크큭, 수백 리 밖에 있는 무당파라. 네년은 망한 패를 내민 것이야. 오늘 일은 결코 잊지 않을 것이야."

적운비는 피식 웃으며 진예화를 향해 다가갔다.

"기억해 둬. 이자까지 쳐서 갚아 주라고. 그리고 저분들은 부모님이시구나."

진예화는 그제야 떠올린 듯 가족을 소개했다.

"예화의 사형, 적운비라고 합니다. 이번에 함께 하산하게 되었습니다."

짧은 담소가 이어졌다.

대화를 이어가던 적운비의 눈매가 꿈틀거렸다.

진예화는 그 모습에 나직이 읊조렸다.

"왔구나."

적운비는 입꼬리를 올렸다.

"응, 아주 많이 왔네."

＊　　　＊　　　＊

결과적으로 염세탁은 큰소리를 칠 만했다.

백수십여 명의 무인들이 작은 초옥을 완전히 감싸버린 것이다.

게다가 앞장 선 자들의 면면 또한 놀라웠다.

백수십 근은 족히 나갈 법한 화의중년인은 천룡맹의 하남삼지부의 부지부장이다. 그 옆에는 취응당주의 동생인 마태량으로 북부지소를 책임지는 지소장이다. 그뿐 아니라 천지문과 비슷한 시기에 개파한 무경방, 전도문, 백마장의 주인들까지 달려온 것이다.

무릎을 꿇고 있던 염세탁이 벌떡 일어났다.

"크하하! 힘만 가지고 사는 세상이 아니라는 걸 잘 알았느냐?"

염세탁은 처음 나타났을 때의 자신감을 되찾았다.

그가 협객들의 방해를 받은 것은 사실 한두 번이 아니었다. 하나 그들 중 대부분은 큰 망신을 당하고 야반도주했고, 몇몇은 아무도 모르게 야산에 묻혔다.

'네깟 놈이 무당이든, 뭐든 이런 상황이면 주눅이 들지 않고 못 배기겠지!'

한데 적운비의 입가에서는 웃음이 사라질 줄을 몰랐다.

"잘 알지."

"뭐라고?"

"세상은 힘만 가지고 살 수 없다는 것 말이야. 나는 세 살 때부터 깨우쳤는걸."

염세탁은 눈을 가늘게 떴다.

적운비는 히죽 웃으며 소매로 손을 가져갔다.

"암기다!"

몇몇 무인이 긴장한 듯 병장기를 뽑아 적운비를 겨눴다.

적운비는 그 모습에 실소를 지었다. 그러고는 엄지와 검지를 이용해 소매 속에서 작은 명패를 꺼냈다.

"이거 뭔지 아는 사람?"

검은 매가 그려진 평범한 목패가 아닌가.

대부분의 무인들은 고개를 갸웃거리거나, 무시했다.

하나 단 한 명만은 눈을 가늘게 뜨고 목패를 살폈다.

적운비는 피식 웃으며 마태량에게 목패를 던졌다.

"가짜인가?"

마태량은 목패를 살핀 후 굳은 목소리로 말했다.

"진짜군요. 당주께서 사용하시는 흑응패요."

"그 아저씨가 말하시길 삼문비당의 영역에서 곤란한 일이 생기면 언제든 사용하라고 하던데⋯⋯."

"당연한 일이오."

적운비는 마태량이 수긍하는 순간 표정을 굳혔다.

"그럼, 일 똑바로 해요. 당주와 소당주는 삼문비당의 영역을 어떻게 해서든 지키려고 밤낮을 가리지 않는데 혈족이라는 사람이 도대체 뭐하는 짓입니까?"

마태량은 아들 뻘인 적운비의 호통에 얼굴을 붉혔다.

"소협의 말이 옳소. 한데 나는 소협이 누구인지 모르니 불공평한 것 같소만……."

"무당의 적운비입니다."

적운비의 담담한 한 마디에 마태량은 눈을 부릅떴다.

"괴공!"

"그렇다고 하더군요."

마태량은 갑자기 소매를 털고 다가와 포권을 했다.

"천룡맹 제일유협을 뵙게 되어 영광이외다. 시간이 괜찮으시면 지소로 가시지요. 제가 조촐하게나마 연회를 열겠습니다."

"패천성으로 가는 중입니다. 돌아오는 길에 시간이 되면 생각해 보지요."

마태량은 적운비가 거절을 했음에도 기쁨을 감추지 못했다. 괴공은 천룡맹 내에서 맹주만큼이나 명성이 자자했다. 그런 사람과 교분을 나눌 수 있게 된 것이다. 게다가 적운비를 그냥 보냈다가 취응당주에게 자신에 관하여 이야기한다면 그것만큼 낭패도 없을 터였다.

"기다리겠습니다. 그리고 허락해주신다면 저는 이만……."

적운비는 무심한 표정으로 나가는 문을 가리켰다.

마태량과 수하들이 나간 후 염세탁이 불러온 무인들은 웅성거리기 시작했다.

괴공의 명성은 삼문협 북부의 벽촌이라고 해도 한 번쯤은 들어봤을 정도였다.

적운비는 천룡맹 하남삼지부 부지부장을 쳐다봤다.

"아! 당신한테 보여줄 것도 있어. 신이 억지로 떠맡긴 건데 이런 곳에서 쓸 줄은 몰랐네."

부지부장은 손사래를 치며 말했다.

"아, 아닙니다! 저는 괜찮습니다."

남궁신가 적운비의 우정은 시간이 지날수록 화려하게 각색되고 있었다. 오랜 평화로 인해 협객은 설 자리를 잃었고, 검은 녹이 슬었다. 호사가들의 삶은 나아졌지만, 술자리에서 나눌 화제가 사라진 것 또한 사실이었다.

그렇기에 그들은 맹주가 된 벽룡검군과 천위가 된 괴공의 관계에 살을 덧붙였다. 그들의 즐거움을 위한 일이었지만, 천룡맹 영역 전체에 이야기가 퍼지는 데에는 긴 시간이 필요치 않았다.

제갈소소의 정보 공작이 있었음은 당연했다.

당금 강호인들에게 적운비와 남궁신은 어린 시절 만나 우정을 나누며 절차탁마하다가 각자의 분야에서 뛰어난 성취를 보인 영웅담과 다르지 않았다.

적운비는 부지부장이 극구 만류했음에도 불구하고 푸른 철패를 꺼냈다. 아홉 마리의 용이 휘감겨 있는 철패는 곧 남궁세가의 상징이 아니던가.

"나보고 구룡판관이 되어달라더군."

"네?"

적운비는 부지부장을 향해 입꼬리를 올렸다.

"네게 돈을 처먹인 놈이 구룡판관 소속의 무인, 그것도 사사로이 사매가 되는 사람을 건드렸다. 그러니까 너는 남아."

"네? 그런 것이 어디에?"

콰콰콰콰콰쾅!

일진광풍이 몰아치더니 무인들의 뒤를 휩쓸고 지나갔다. 무인들은 주춤거리며 적운비가 만들어 낸 구덩이에서 멀어지려 했다.

적운비는 단호한 어조로 외쳤다.

"마태량의 경우는 정상참작의 여지가 있다. 삼문협 북부에서 난립한 당신들을 다독여 시간을 벌어야했겠지. 네놈들은 삼문비당과 서기병문을 수습한 후 천천히 정리하려 했을 거야. 방만함이 마음에 들지는 않지만, 사정이 그러하니 어쩔 수 없지."

천지문과 비슷한 상황인 무경방주가 황급히 손사래를 치며 말했다.

"그렇지 않소! 마태량은 우리 돈을……."

하나 적운비의 시선을 마주한 후 말을 끝맺지 못했다. 적운비는 그들의 시선을 한 몸에 받으면서도 코웃음을 쳤다.

"알게 뭐야. 취웅당은 우리랑 붙어먹었다고. 당신들도 억울하면 더 강한 놈 불러오세요. 지금까지 그렇게 해서 잘 먹고 잘 살았잖아요. 안 그래? 이 빌어먹을 개종자같은 돼지새끼들아!"

중소방파의 주인들은 꿀 먹은 벙어리가 됐다.

할 말이 없는 것은 아니지만, 정작 적운비를 보고 입을 뗄 자신이 없었던 게다.

적운비는 부지부장이 데리고 온 자들 중 가장 선해 보이는 자를 골랐다.

"가서 지부장 데리고 와. 구룡판관이 부른다고 하면 오실 거다."

수하는 부지부장의 눈치를 봤지만, 어쩔 도리가 없었다.

결국 머뭇거리다가 지부로 향했다.

그리고 잠시 후 경공까지 펼치며 달려오는 노인이 있었다.

"하남 제삼지부의 지부장을 맡고 있는 전도라고 하오. 구룡판관이 신설됐다는 보고는 받았지만, 여기서 개시할 것이라고는 생각지 못했구려."

적운비는 전도의 형형한 눈빛을 맞받아쳤다.

'염세탁이 부지부장한테 줄을 댄 것도 당연해. 저런 사람한테는 씨알도 안 먹히지.'

반면 전도 역시 적운비를 보고 감탄을 금치 못했다.

'어린 나이에 공의 칭호를 받았다기에 코웃음을 쳤거늘…… 이건 성취 자체가 가늠도 안 되는군.'

서로가 알아본 이상 머뭇거릴 이유가 없다.

적운비는 곧바로 염세탁과 중소방파들의 패악질을 고했고, 전도는 온몸을 부르르 떨며 경악을 금치 못했다.

"모든 것이 노부의 잘못이외다."

이를 갈면서 말하는 것을 보니 모르는 게 분명했다.

그럼에도 불구하고 스스로 죄를 자처하는 것은 투철한 사명감 때문이리라.

"모르는 것 또한 죄가 된다고 했습니다. 하지만 맹주가 새로 취임했고, 삼문협의 정세가 혼란스러운 것을 감안하여 이번 일은 그냥 넘어가겠습니다."

전도는 크게 감사해하며 단호한 어조로 말했다.

"책임지고 저들이 죗값을 치르게 하겠소이다."

적운비는 빙긋 웃으며 목소리를 낮췄다.

"감사합니다. 그리고 한 가지 청이 있습니다."

"감히 거절할 수 없지요."

적운비는 담담한 어조로 한 마디를 흘렸다.

"이곳은 무당의 진산제자가 태어난 곳입니다. 저런 자들이 득실대지 않도록 신경 써주실 수 있겠습니까?"

진도는 포권을 하며 말했다.

"맹주에게 숨겨진 비사를 대충이나마 들었소이다. 보답이라기에는 뭐하지만 내가 이곳에 있는 동안 이 마을은 누구도 손대지 못할 거외다."

적운비는 진도의 말에 탄성을 흘렸다.

자신이 없는 동안에도 남궁신과 제갈소소는 조금씩 천괴와의 싸움을 준비하고 있던 것이다.

"말학후배의 무리한 청을 받아주셔서 감사합니다."

"괴공이 앞으로 이뤄낼 일을 생각하면 조금도 무리하지 않소이다. 오히려 노부가 공께 부탁을 드리고 싶은 심정이외다."

잠시 후 진도가 부른 지부의 무인들이 도착했다.

그들은 부지부장을 비롯한 중소방파의 무인들을 밧줄로 묶어 끌고 갔다.

진예화는 고개를 숙인 채 어색한 표정을 지었다.

적운비는 진예화의 어깨를 감싸며 말했다.

"고개 들어. 각자의 방식이 있는 거야. 나는 나대로, 너는 너대로. 대신 내 방식은 무당의 방식이 아니야. 그러니 너는 앞으로 너만의 방식을 찾도록 해."

"찾을 수 있을까?"

적운비는 입꼬리를 올렸다.

"천지가 창조된 이후 세상은 항상 부조리가 가득했어. 그러니 부조리에 좌절하거나, 자책할 필요 없어. 우리에게 경계해야 할 것은 부조리를 강호의 탓으로 돌리고 부조리에 젖어버리는 거야."

적운비는 단호한 한 마디를 내뱉었다.

"그러니 무당제자로 살아왔다면 찾지 못할 까닭이 없다."

第六章
화산쌍선(華山雙仙)

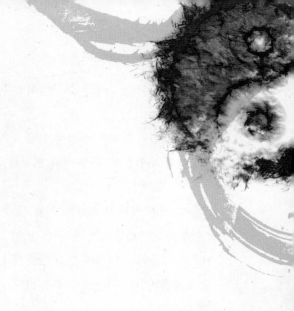

패천성이 위치한 삭주는 산서성의 성도인 태원에서도 이틀을 더 북상한 장소에 위치했다.

장성과 가깝다보니 모래가 섞인 바람이 쉴 새 없이 들이쳤다. 결국 정료단의 무인들은 바람막이를 구해 전신을 휘감아야 했다.

"패천성의 환대가 기대되는군."

정료단주 여곽의 말에 매계사협의 둘째인 승지가 어색하게 웃었다.

"글쎄요. 아마 그렇지는 않을 겁니다."

잠시 후 패천성이 시야에 들어왔다.

패천성에 대한 첫 감상은 황량함이었다.

"허험."

여곽은 생각지도 못한 풍경에 연방 헛기침을 했다.

정료단의 무인들의 표정 역시 여곽과 크게 다르지 않았다.

반쯤 무너진 성곽 아래에는 수십 개의 막사가 꾸려져 있었다. 성내라고 해도 별다를 것은 없어 보였다. 성벽 위로 솟아오른 건물이 없다시피 했기 때문이다.

오직 적운비만은 감탄을 금치 못했다.

"대단하군."

혈인은 황량하기 그지없는 패천성을 보며 혀를 찼다.

"눈이 삐었냐? 전쟁이라도 치른 것처럼 완전 폐허구만."

"그러니까 대단하지. 이 멍청아!"

적운비의 일침에 혈인은 꿀 먹은 벙어리가 됐다.

성 앞을 지나던 무인들은 눈을 휘둥그레 떴다.

막사마다 깃발이 꽂혀 있었다. 한데 깃발에 적힌 것은 죄다 문파의 이름이 아닌가. 심지어 화산파와 종남파까지 새겨져 있었다.

"아니 구파가 어째서 이런 곳에……."

여곽은 거주지의 초라함에 못마땅한 기색을 내비쳤다. 그것은 패천성에서 나와 자신을 하 당주라 소개한 사람을 만나서도 계속됐다.

"허험, 혼자 오신 게요?"

하 당주는 빙긋 웃으며 말했다.

"패천성의 상황이 그리 좋지 못해서요. 결례가 됐다면 사과드리겠습니다."

여곽은 접객당주가 한껏 자세를 낮추니 더 이상 투정을 부리지 못했다.

"상황이 그렇다면 어쩔 수 없지요."

하나 여곽은 속으로 구시렁거림을 멈추지 않았다.

'쯧쯧! 명색이 사태천이면서 구질구질하게 이게 무슨 꼴이란 말인가? 이러니 혈마교와 사도련이 준동하는 것이야!'

접객당주가 안내한 곳은 성 외곽에 자리한 작은 장원이었다. 여곽과 정료단의 무인들은 장원에 들어서며 눈을 휘둥그레 떴다.

화탄이라도 맞은 것처럼 난장판이 아닌가.

지붕과 벽만 남아 있는 형국이었다.

여곽은 입매를 푸르르 떨며 접객당주를 노려봤다.

"나는 천룡맹을 대표하여 이곳에 왔소이다. 한데 지금 천룡맹을 무시하는 거요? 어찌 이런 곳으로 나를 안내할 수 있단 말인가!"

접객당주는 사죄하기는커녕 오히려 표정을 굳혔다.

그들 사이로 적운비가 끼어들었다.

"패천성은 장성과 하루거리입니다. 사나흘에 한 번씩 무인들이 장성을 경계하러 나서거나, 민가를 약탈하려는 마적 떼들과 싸워야 합니다. 실제로 열흘 전에는 무인들이 자리를 비운 사이에 외적이 장성을 넘어 기습을 했다더군요. 그러니 대접이 시원찮음을 탓하기 전에 그럴 수밖에 없는 패천성 동도들의 마음을 헤아리는 것이 먼저가 아닐까요?"

여곽과 접객당주는 눈을 휘둥그레 떴다.

전자는 자신을 훈계하는 듯한 적운비의 말에 경악한 것이고, 후자는 패천성의 상황을 낱낱이 알고 있는 적운비에 대한 감탄이었다.

"소협의 성명은 어찌 되시는지요."

"무당의 적운비라고 합니다."

접객당주는 탄성을 흘렸다.

패천성의 정보력은 달단을 살피는데 집중되어 있다. 하나 그럼에도 불구하고 괴공의 명성은 패천성에 상당 부분 전해진 상태였다. 무엇보다 몰락했던 무당을 다시 일으켰기에 구파의 무인들의 관심은 생각 이상이었다.

"괴공께서도 오셨군요."

여곽은 접객당주가 자신을 대할 때보다 반기는 모습에

빈정이 상할 수밖에 없었다.

"짐을 풀어라."

제갈수련은 여곽의 뒷모습을 보며 한숨을 내쉬었다.

그러고는 접객당주를 향해 다가갔다.

"정료단주께서 급히 출발하시다보니 패천성의 상황을
인지하지 못하셨습니다."

접객당주는 쓴웃음을 지었다.

"이해합니다. 실제로 먼 곳에서 입맹하겠다고 찾아왔다
가 도망친 자들도 수두룩하니까요. 한데 소저께서는 방명
이 어찌 되시는지……."

본래 정료단주나 부단주와 할 대화를 제갈수련이 대신하
고 있으니 의아할 만하다.

"제갈수련이라고 합니다."

"아! 천룡맹의 총선주시군요! 이렇듯 천룡맹의 일월용봉
을 뵙게 되어 영광입니다."

적운비는 과한 칭찬에 멋쩍은 듯 어깨를 으쓱거렸고, 제
갈수련은 부끄러움을 이기지 못하고 소매로 입을 가리며
웃었다. 다만 후미에 멀뚱히 서 있던 진예화가 주변을 살피
며 한숨을 내쉴 뿐이었다.

'괜히 따라왔나?'

패천성에서 주최한 연회가 열렸다.

하나 악사와 기녀들이 즐비한 연회를 기대했을 여곽의 소망은 산산조각이 났다.

성 내의 연회장이었던 것으로 보이는 대전에서 모였다. 그 후에 술과 음식이 나왔으나, 값비싸고 정갈한 음식보다는 먹기 편한 음식이 주를 이뤘다.

게다가 천룡맹과 패천성이 다시 교류를 알리는 자리임에도 화복을 입은 이들이 드물었다. 대부분 흑의나 잿빛 무복을 입었고, 어떤 이들의 의복에는 피가 묻어 있기도 했다.

"하하하! 외단 칠대주 용추벽이라 하외다."

여곽은 꾀죄죄한 옷차림의 중년인이 다가오자, 미간을 찡그리며 못마땅한 기색을 보였다.

"크흠, 여곽이오."

용추벽은 버름한 표정을 지었으나, 이내 호탕하게 웃으며 술을 건넸다.

"천룡맹과 패천성이 다시 한 몸이 된 날이니 한 잔 합시다."

"나는 별 생각 없소이다."

여곽은 태가 날 정도로 고개를 돌렸다.

한데 그런 그의 시선에 청수한 인상의 노인이 들어왔다.

'종남파의 장문인인 천지검야가 아닌가? 저분과 교분을 나누면 훗날 큰 도움이 되리라.'

여곽이 의관을 갖추고 몸을 일으키려는 순간이었다. 옆 자리에 앉아 있던 용추벽이 천지검야을 향해 손을 흔드는 것이 아닌가.

"사부! 사부! 이쪽입니다. 이쪽으로 오세요."

천지검야는 용추벽을 보자마자 인상을 썼다.

"이놈아! 오늘은 종남파의 장문제자로 참석하라 하지 않 았더냐. 옷 꼴이 그게 뭐야?"

여곽은 천지검야와 용추벽을 보며 눈을 휘둥그레 떴다. 하나 용추벽은 천지검야의 꾸짖음을 웃음으로 흘리며 술잔 을 기울였다.

"야류현이 털릴 뻔했습니다. 미리 정보를 얻은 탓에 별 피해 없이 막아냈습니다. 한데 늦지 않게 오려다보니 어쩔 수 없이 이 꼴이지요."

천지검야는 그제야 웃음을 지었다.

"그래? 잘했구나. 사람의 목숨을 살리는데 예법이 문제 랴. 클클, 내가 제자는 제대로 키웠구나."

"하하하! 그럼 이제 한 잔 하시지요?"

"오냐! 오랜만에 제자 술 좀 받아보자."

천지검야와 용추벽만 격의 없는 것이 아니었다.

패천성의 무인들은 장로, 대주 가릴 것 없이 술잔을 들어올렸다. 마치 살아 있음에 감사하는 것처럼 말이다.

'정파라면 격조가 있어야 하는데…….'

여곽을 비롯한 정료단의 몇몇 무인은 노골적으로 불만을 드러냈다.

반면 적운비와 진예화는 연방 감탄을 금치 못했다.

"나는 이게 진짜 정파가 아닐까 싶어."

진예화의 말에 적운비는 고개를 끄덕였다.

"협심을 품기는 쉽지만, 행하기는 어려운 법이야. 여기 있는 사람들은 목숨을 걸고 매순간 강호를 지키고 있는 거야."

"치열하구나."

"그래, 천룡맹에는 없는 거지."

제갈수련이 다가와 목소리를 낮췄다.

"화산파를 만나러 갈 시간이야."

적운비는 진예화를 향해 눈짓했다.

"많이 배우고 올게."

진예화는 웃으며 고개를 끄덕였다.

"그래."

*　　　*　　　*

패천성 내부에는 멀쩡한 건물을 찾기가 어려웠다.

매계사협의 둘째인 승지는 미안한 표정을 지었다.

"비바람을 피할 수 있는 건물은 대부분 서고와 병기고로 사용 중입니다. 그래서 지금 가시는 곳도 분위기가 그리 좋지는 않을 겁니다."

"호사를 누리려는 것이 아니잖아요. 그리고 패천성에 온 후로 많은 것을 깨닫고 있습니다. 맹으로 돌아가면 지원에 관해서 반드시 전하겠습니다."

승지는 눈에 보일 정도로 즐거워했다.

"그러면 저희야 감사하지요. 민초들은 대부분 화전민처럼 떠도는 형국이고, 관부는 기능을 상실할 지경이에요. 연왕께서 지원해 주시지 않았다면 민란이라도 일어났을 겁니다."

"연왕이라는 호칭은 오랜만에 듣네요."

제갈수련의 말에 승지는 어깨를 으쓱거렸다.

"어쩔 수 없지요. 황궁과 연왕부의 사이가 좋지 않은 것은 사실이니까요. 강남에서는 연왕이라는 말만 꺼내도 잡혀가는 경우가 있다면서요?"

"네, 저희는 북왕이라고 돌려 말하곤 하지요."

"의미 없군요. 외적으로 인해 나라가 망해 가는데 권력 다툼이라니요."

"중원은 넓어요. 성만 넘어가도 말이 바뀔 정도잖아요. 어쩔 수 없는 일이라고 생각됩니다."

승지는 한탄하듯 한 마디를 흘렸다.

"차라리 연왕께서 마음이라도 굳게 먹으신다면 활로가 생길 텐데……."

"네?"

제갈수련의 반문에 승지는 당황하여 손사래를 쳤다.

"아, 아닙니다. 제가 생각이 너무 많았네요."

두 사람을 따라가던 적운비의 표정은 복잡했다.

'연왕이라…….'

승지가 데리고 간 곳은 반쯤 무너져 내린 사당이다.

비록 제갈수련이 은밀한 장소를 원했다지만, 너무 후미진 곳이 아닌 듯싶었다.

하나 제갈수련은 사당을 보자마자 탄성을 흘렸다.

"혹시 여기가 검신 연 대협께서 사색하셨다는 사당인가요?"

승지는 빙긋 웃으며 말했다.

"맞습니다. 패천성 초대 성주이신 사조께서 깨달음을 얻으신 곳입니다."

제갈수련은 곳곳을 살피며 감탄을 금치 못했다.

그 순간 나직한 웃음이 들려왔다.

"과연 총선주는 모르는 것이 없구려."

청수한 인상의 중년인은 화산파의 무복을 입고 있었다.

"본파의 검류당주십니다."

제갈수련은 황급히 손을 모았다.

한데 검류당주는 혼자 온 것이 아니었다.

그의 뒤로 초라한 몰골의 노인 두 명이 나타났다.

적운비의 눈빛이 번뜩였다.

그는 분명 한 사람의 기척만 잡아냈기 때문이다.

제갈수련이 묻기도 전에 노인들은 나직한 어조로 정체를 밝혔다.

"노현이다."

"노경이다."

제갈수련은 눈을 휘둥그레 떴다.

'화산쌍선! 저들이 살아 있었어?'

적운비의 표정 역시 제갈수련과 다르지 않았다.

'저들의 기운은 마치…….'

태극혜검과 같았다.

자연의 기운, 그 자체다.

혜검이 중천에 뜬 태양과 같다면 노현과 노경의 기운은 그 궤가 달랐다. 저녁노을의 잔잔함과 새벽녘의 희미함을 닮아 있었다.

화산쌍선의 별호가 자연스럽게 떠올랐다.

자하검선(紫霞劍仙) 노현, 암광검선(暗光劍仙) 노경.

그러니 적운비가 저들의 기척을 읽지 못하는 것도 당연했다.

제갈수련은 침을 꿀꺽 삼키며 황급히 말을 이었다.

"사태천의 발호 이전부터 천하제일로 손꼽히신 쌍선을 뵙게 되어 영광입니다."

한데 쌍선의 시선은 적운비에게서 떨어질 줄을 몰랐다.

그리고 잠시 후 노현이 생각지도 못한 한 마디를 흘려 냈다.

"혜검인가?"

"혜검이야. 아니라면 설명이 안 되지."

적운비는 두 노인의 연이은 대화에 정신을 차릴 수가 없었다.

노경의 입꼬리가 슬며시 올라갔다.

"이제 검천위께서도 편히 잠드시겠군."

적운비는 검천위까지 거론하는 쌍선을 향해 입을 뻐끔거렸다.

'이 사람들은 뭐야?'

충격에 빠진 적운비의 귓가에 결정타가 들려왔다.

"천괴는 누구의 몸을 차지하고 있느냐?"

*　　　*　　　*

천괴는 자신 앞에 엎드려 있는 중년인을 보면서도 무심했다. 사태천의 한축인 사도련주를 보면서도 감정의 변화가 없었다.

"저를 부르셨다 들었습니다."

"불렀지."

사도련주 오확은 더욱 고개를 조아렸다.

"영광이옵니다! 미천한 제자에게 시키실 일이라도 있으신지요?"

천괴는 턱을 괸 채 말이 없었다.

만안당주는 한편에서 두 사람은 한눈에 담았다.

'당신은 무엇을 하시려는 겝니까?'

천괴의 표정은 그의 성정과 다르게 근엄했다.

영혼은 바뀌었을지언정 몸뚱이는 여전히 구룡검제가 아닌가. 겉모습만 봐서는 정파의 수호자와 다를 바가 아니었다. 한데 천괴는 무당파에 다녀온 이후 웃음이 잦아졌다.

그 결과 사도련주를 호출한 것이다.

"네가 뭘 할 수 있을까?"

천괴의 담담한 한 마디에 사도련주가 고개를 들었다. 그의 두 눈은 예전과 다르게 검붉게 번들거리고 있었다.

비공기가 극에 달했다는 증거였다.

만안당주는 사도련주를 보며 충격을 감추지 못했다.

'따로 가르침이 있었구나.'

천괴가 사도련주의 성취를 짐작하지 못할 리가 없다. 오늘 그가 사도련주를 부른 것도 쓸 만하다고 여겼기 때문이리라.

'도대체 뭘 시키려는 것이지?'

쿵!

사도련주는 머리를 박으면서 외쳤다.

"시켜만 주신다면 혼신의 힘을 다하겠나이다!"

비공기에 극에 달한 이후 세상이 변했다.

호의와 적의를 지닌 자가 극명하게 눈에 보였다.

그로 인해 잠재적인 불만세력을 모조리 쳐내지 않았던가. 사도련은 명실공이 오확의 말 한 마디로 좌지우지하는 세력이 되어 버렸다.

게다가 오확은 사고의 범위가 넓어지는 것을 때때로 느끼고 있었다. 천괴의 말대로라면 사고의 범위가 천하에 이르면 저절로 하늘과 영통할 것이라 했다. 그러니 그간의 미심쩍음은 먼지처럼 사라진 지 오래였다.

"위선자들이 너무 많아졌어. 그렇지 않아?"

"패천성과 천룡맹을 말씀하시는군요. 제자도 그리 생각하고 있었습니다."

"비공기로 영생하려는 자가 생각만 해서 쓰나."

천괴의 한 마디에 오확은 입꼬리를 올렸다.

안이 정리되면 밖으로 나가는 법이다.

강한 힘을 지니면 뽐내고 싶어지는 법이다.

오확 역시 그러했다.

"제자가 강호에서 위선자들을 쓸어버리겠습니다."

"나쁘지 않군."

천괴의 느긋한 한 마디에 오확이 머뭇거리며 말을 이었다.

"한데 사형들과는 어찌해야 하는지…….."

"명수라는 알아서 할 것이고, 혈수라 역시 너와 함께 할 것이다."

"하면 같이 움직이는 것입니까?"

천괴가 오확의 속내를 모를 리 없다.

혈천휴와 동등한 입장이었지만, 비공기로 인해 눈치만 보는 신세가 되지 않았던가.

"같이 움직여야 할 만한 상대가 아니잖아. 먼저 먹는 놈
이 소화시키는 걸로 하지."

쿵!

오확은 혈소를 흘리며 다시 한 번 머리를 박았다.

"제자, 혼신의 힘을 다하겠습니다!"

만안당주는 오확이 희희낙락하며 돌아가는 모습을 보며
침음을 흘렸다.

"정마대전이 시작되겠군요."

"클클, 준비가 길지는 않을 거야. 두 녀석 다 지루해서
죽을 지경이었을 테니까. 그 건방진 놈이 막아낼 수 있을지
지켜보는 것도 나쁘지 않겠어."

"건방진 놈이라니요?"

천괴는 만안당주의 의문을 풀어주지 않았다.

만안당주는 되묻는 대신 현명하게 화제를 돌렸다.

"그릇이 준비되었습니다."

천괴는 오랜만에 관심을 드러냈다.

"그릇? 벌써 그리 되었던가."

"사부님께서 금선강기를 수습하시는 것이 관건이었지
요. 그릇과 대법은 오래전에 준비를 끝냈습니다."

"내가 유능한 제자를 두었군."

"과찬이십니다. 불멸전혼대법의 날짜를 잡으시겠습니까?"

천괴는 잠시 생각에 잠겼다.

"아니야. 서두를 필요가 없지. 다른 몸으로 그놈을 비웃으면 흥이 떨어질 듯해."

만안당주는 '그놈'이 궁금했지만, 천괴의 말을 기다렸다.

"그래도 그릇의 성취는 한 번 볼까?"

"들이겠습니다."

잠시 후 만안당주가 돌아왔다.

전혀 다른 인상의 청년 네 명이 들어섰다.

청년들의 외모는 눈에 띌 정도로 잘생겼다.

한데 눈동자의 색깔이 특별했다. 마치 핏물처럼 새빨갛게 번들거린다. 그뿐 아니라 악귀가 씌인 것처럼 쉴 새 없이 살기를 뿜어내고 있지 않은가.

"명객이라고?"

만안당주는 끝에 선 청년부터 소개했다.

"명조, 명사, 명경, 명안이라고 합니다."

명조는 적운비가 해남도에서 돌아올 때 만났던 명객이었다. 그뿐 아니라 명안은 넋이 나간 듯하던 혈기오객의 막내가 아닌가.

"혈객들이 데리고 다니면서 완전히 혈기에 절여놓았습니다. 비공기의 수발만 따지자면 직계보다 뛰어날 것입니다."

"준비가 끝났다는 건 모든 게 정리됐다는 뜻이겠지?"

"기억도 지우고, 인연도 모두 정리했습니다. 지금은 인형에 불과하니 며칠만 데리고 계시면 저절로 영통하게 될 것입니다."

천괴는 고개를 끄덕였다.

"좋군."

만안당주는 뒤늦게 생각난 듯 말을 꺼냈다.

"하면 명객의 몸에 불멸전혼대법을 새겨놓는 것은 어떻습니까? 성공하면 스승께서 원하실 때 언제든 대법이 실행될 것입니다."

천괴 그제야 환한 미소를 지었다.

"좋군. 진행해."

* * *

자하검선 노현은 무거운 숨을 토해 냈다.

"구룡검제라니…… 결국 그렇게 되었는가."

"두 분께서 실패하셨으니 돌아가신 사부님을 어찌 뵈어

야 할꼬."

적운비는 조심스럽게 물었다.

"두 분 진인께서는 어찌 이 모든 일을 알고 계시는 겁니까?"

"천괴?"

"예. 수년간 강호를 종횡했지만, 단 한 명도 천괴에 관해 거론하는 이가 없었습니다. 하여 그 연유를 여쭙고 싶습니다."

암광검선 노경은 수염을 쓰다듬으며 잠시 말을 아꼈다.

"검천위의 서신을 받은 사람은 구룡검제만이 아니었다. 보타암은 반야만륜겁을 제대로 익힌 사람이 없었기에 구룡검제를 돕는 것으로 의무를 다했네. 소림의 영각대선사께서는 십대신승을 이끌고 관 주변에 진법을 설치했지."

"진법이요?"

"그렇다. 천괴의 의심을 사지 않으려 선기의 발산을 막는 진법을 설치했지. 그렇기에 천괴는 아무 의심 없이 구궁무저관까지 따라 들어간 것이란다."

"아! 그랬었군요."

노현이 쓴웃음을 지으며 노경의 말을 이었다.

"하나 화산파는 아무것도 돕지 못했다."

"네?"

"주변을 보아라. 아니 그럴 것도 없다. 저 사당을 봐라. 본파의 조사께서 깨달음을 얻으신 곳이다. 다른 문파였다면 기념비를 세우거나, 금지로 지정했을 것이야. 하나 본파는 지붕과 벽을 보수하여 비바람을 피하는 것이 전부란다."

눈치 빠른 적운비가 노현의 말뜻을 모를 리 없다.

"그 전부터 외세의 침입이……."

"왕조가 바뀌었다고 이민족과의 관계가 변하는 것은 아니야. 장성이 생긴 이후부터 중원과 외세는 결코 양립할 수 없는 사이가 아니더냐. 화산파는 오래전부터 강호문파라기보다 민초의 수호위로서 그 역할을 다했다. 사부님 시절에도 다르지 않았어. 심지어 검천위가 서신을 보냈을 때 사부님은 오랜 격전으로 인해 심신이 상한 상태였다. 제자인 우리들은 어려서 도움도 되지 않았다. 좋은 소식을 기다리는 것이 전부였다. 하나 검천위의 서신은 도착하지 않았다. 결국 사부님은 돌아가시는 그날까지 죄책감에 시달리셔야 했지."

적운비는 몸을 일으켜 손을 모았다.

"미욱하나마 검천위의 절예를 이었습니다. 하여 다행히 검천위께서 남기신 유언도 살필 수 있었습니다. 그분은 다른 사람에 대한 원망도, 분노도 남기지 않으셨습니다. 오직 천명을 완수하지 못한 아쉬움만 가득하셨습니다. 그러니 두 분 진인께서는 마음의 심화를 거두셔도 될 듯합니다."

노현과 노경은 한참 동안 적운비의 눈빛을 마주했다.

그리고 이내 서로 눈빛을 교환하다가 입꼬리를 올렸다.

"검천위의 뜻, 잘 받았네. 그럼 나 노현은 스스로의 의지로 천괴를 처단하는데 동참하겠네!"

"나 또한 마찬가지라네."

적운비는 환하게 웃으며 손을 모았다.

화산쌍선이라면 천군만마를 얻은 것이나 다름없다.

당대 정파의 무인 중에서는 배분이나 실력으로 봤을 때 비견할 자가 드물지 않은가.

적운비의 입가에는 좌담이 끝날 때까지 미소가 가득했다. 제갈수련이 염려했던 것처럼 난동을 피우거나, 버릇없이 행동하지 않았다.

"그럼 말씀드린 대로 내일 성주와 장로들의 회합을 주최하겠습니다."

검류당주와 제갈수련은 좋은 분위기에서 헤어졌다.

이제 사당에 남은 쪽은 적운비와 화산쌍선뿐이다.

"무례한 부탁을 받아주신 점 감사드립니다."

"아니네. 자네와의 시간은 오래 보낼수록 좋을 것이야."

적운비는 잠시 머뭇거렸다.

생애 첫 부탁이나 다름없었다.

"혜검을 상대해 주실 수 있겠습니까?"

항상 타인의 비무요청을 받아 왔다. 그것을 자연스럽게
여겼다. 무당의 무학, 그리고 혜검을 익힌 적운비는 언제나
우위였기 때문이다.

그러나 쌍선은 다르다.

진지하게 상의할 수 있는 존재가 되어줄 것이다.

"전설의 혜검이라면 영광이지!"

노현은 적극적인 성정답게 흔쾌히 수락했다.

"내심 궁금하기는 했었네."

패천성에서 멀쩡한 것은 서고와 병기고, 그리고 연무장
이라는 놈이 있다.

세 사람은 빈 연무장으로 들어섰다.

연무장은 사방이 탁 트인 곳이지만, 세 사람의 기감을 속
일 상대가 있을 리 없지 않은가. 그렇기에 무공을 펼치는
것에 거리낌이 없었다.

"화산의 자하심결이라네."

자하검선 노현의 검에서 자색 검강이 솟구쳤다. 그러니
이내 사그라들더니 완전히 자취를 감췄다.

적운비에게 보여주기 위해서 일부러 형(形)을 드러내준
것이리라.

"암향대기경일세."

암광검선 노경의 검이 일순간 사라졌다.

촤라라라라라라라락—

노경의 손에서 검 자체가 사라진 것이다. 그러나 그것을 인지하는 순간 검광(劍光)이 연무장 곳곳을 휘저었다.

"무공(武功)이 극에 달하면 기공(氣功)이 되고, 기공은 곧 심공(心功)으로 이어진다지 않는가. 심공은 천인합일(天人合一)의 다른 말이야. 그렇기에 심공은 부딪치는 순간 우열이 극명하게 나뉜다네. 천지합일의 깨달음을 겨루는 것이기 때문이지. 무당의 혜검은 고금을 통틀어 심공의 극의로 손꼽혔지. 자! 자네의 심공을 보여주게나."

적운비의 눈에서 기광이 터져 나왔다.

그 순간 어둠으로 가득했던 연무장은 대낮이 된 것처럼 휘황찬란한 빛으로 가득 채워졌다.

지이이이이이이잉—

산천초목이 반응하며 조화로움에 경의를 표한다.

적운비는 금빛 광채에 휩싸인 채로 한 마디를 흘렸다.

"태극혜검(太極慧劍)입니다."

第七章

수라대계(修羅大計)

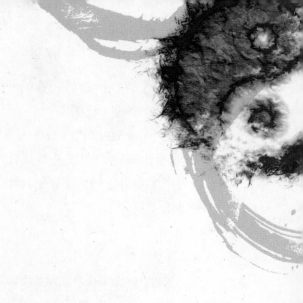

노현과 노경은 놀람을 감추지 못했다.

사실 심공의 경지에 이르면 형태는 중요치 않다.

그 형태에 담긴 뜻이 중요한 법이다.

그렇기에 두 진인이 놀라는 이유는 태양처럼 휘황찬란한 빛 때문이 아니었다.

자연지기의 정순함.

한순간 적운비는 대자연이 되어 두 진인 앞에 모습을 드러낸 것이다.

'본래 심공으로 상대를 파악하는 것은 어리석은 짓이야. 한데 일견하기에도 저 나이에 결코 지닐 수 없는 힘이야!'

'백 년의 수련조차 따라잡힌 듯한 기분이군. 하늘은 화산이 아닌 무당을 선택한 것인가?'

반면 적운비에게 있어 화산쌍선의 기운은 신비롭기만 했다. 수련의 세월로만 따지자면 수십 년의 시간 차이가 존재하지 않던가. 적운비는 아직 심공을 파악하거나, 마주한 적이 드물었다.

"나부터 하지."

의외로 노경이 먼저 나섰다.

그의 성명절기인 암향대기경(暗香代氣境)은 본래 경공인 암향표를 뿌리로 창시된 것이다. 암향표를 펼치는 무인을 검으로 대신한 게다.

즉 노경이 만들어 낸 공간에 암향검(暗香劍)이라 불리는 검영을 제어할 수 있는 만큼 뿌렸다.

그리고 지금 이 순간 연무장은 오롯이 노경의 공간이었다.

노현은 어느새 연무장 밖에서 지켜본다.

하나 적운비는 노경에게서 시선을 떼지 못했다.

'진짜? 가짜?'

암향검은 어디에나 있고, 어디에도 없다.

적운비의 눈빛이 흔들릴수록 혜검의 기운은 더욱 강렬하게 휘돌았다. 혜검이 적운비를 지키기 위해 스스로 힘을 더

하는 것이다.

적운비는 흐트러지는 마음을 억지로 붙잡았다.

적극적인 노현보다 조용한 노경이 먼저 나선 이유를 눈치채기란 그리 어렵지 않았다.

노현의 자하심결은 강력하면서도 끈질겼다.

어둠이 몰려올 때에도 끝끝내 빛을 놓지 않는 노을이 그러하듯 말이다.

반면 노경의 암향대기경은 어둠을 찢고 빛을 드리우는 새벽녘과 같았다.

그 순간 적운비의 뇌리를 스치는 것이 있었다.

눈앞에 보이는 것은 진짜일수도 있고, 가짜일수도 있다.

하지만 핵심은 암향검의 진위여부가 아니었다.

이미 무령당의 음양대극진에서 겪지 않았던가.

'눈에 보이는 것이 전부가 아니야!'

암향검은 여전히 위협적으로 적운비의 주변을 휘돈다. 조금의 틈만 생기면 기다렸다는 듯이 꽂혀들 것이다.

하나 적운비는 눈에 보이는 암향검의 범위보다 더 넓게 기감을 흩뿌렸다.

그리고 허공에 떠 있는 검을 찾아냈다.

'역시 암광검선의 능력은 연무장 정도가 아니었어.'

연무장을 경계로 휘도는 암향검은 허초(虛招)였다.

그것도 진짜보다 더 진짜 같은 수많은 허초였던 것이다. 상대의 의도를 알았을 때 가장 좋은 대응방법은 허허실실(虛虛實實)이 아니겠는가.

적운비는 외부로 표출했던 내력을 단전에 갈무리했다. 한 호흡에 수습된 내력은 삽시간에 양팔을 타고 휘돌았다.

노경을 목표로 뇌신회룡포를 발출했다.

연무장을 휘돌던 암향검이 일제히 뭉쳐들었다.

콰콰콰콰쾅!

유형화됐을 뿐 실체는 응집된 기의 구체가 아닌가.

강기와 강기의 충돌로 연무장 주변에 일진광풍이 몰아쳤다.

'뚫지 못했어?'

뇌신회룡포는 암향검 대부분을 소멸시켰지만, 끝끝내 노경에게는 이르지 못했다.

하나 적운비의 한 수는 지금부터 시작이었다.

'와라! 와라!'

그 순간 허공에서 미동조차 하지 않던 노경의 검이 일직선으로 쇄도했다. 이기어검처럼 기척도 없이 내리꽂힌 것이다.

쩡!

지척에 이르러서야 노경의 검이 존재감을 드러냈다.

분명 노경이 적운비를 배려한 것이리라.

하지만 적운비의 움직임은 그보다 빨랐고, 은밀했다.

'사라져?'

노경은 눈을 가늘게 떴다.

이미 연무장 주변은 그의 통제 하에 놓인 것이나 다름없었다. 한데 적운비가 기의 흐름을 타고 한순간에 사라진 것이다.

쫘악!

적운비가 공간을 찢듯이 튕겨 나왔다.

노경은 반보 물러섰다.

'쯧, 얕잡아보였군.'

정면에서 튀어나온 것을 보면 자신의 배려에 보답하는 것이리라.

하나 두 사람 사이에는 백 년의 세월이 존재하지 않던가. 혜검의 경이로움과는 별개로 자존심에 생채기가 생기는 것은 당연했다.

노경은 검이 없음에도 양손을 교차하여 휘둘렀다. 그 순간 소매를 타고 경풍이 흘렀고, 전방으로 튕겨 나갔을 때에는 강기가 되어 있었다.

'밀리면 안 돼!'

적운비는 강행돌파를 선택했다.

만변약수행은 이화접목의 일종이지만, 건곤와규령은 그 자체로 호신강기가 된다.

지이이잉—

빛무리가 적운비를 중심으로 뭉쳐들어 방패가 되었다. 그리고 이내 두 줄기의 강기가 교차하며 건곤와규령과 격돌했다.

콰콰쾅!

적운비의 양어깨가 움찔하며 뒤로 밀려났다.

하나 그의 오른손은 어느새 허리춤의 교룡검을 잡아 빼고 있었다.

스르릉—

교룡검은 연검이다.

손목의 작은 움직임만으로도 궤적이 자유자재로 변할 만큼 다루기가 어려웠다. 한데 적운비는 자신이 원하는 움직임을 만들어 낸 것도 모자라 강기까지 덧씌우는 것이 아닌가.

기의 흐름이 극에 달했음을 드러내는 광경이었다.

교룡검에 맺힌 강기가 띠가 되어 허공을 수놓았다.

노경은 입술을 오므리며 감탄을 금치 못했다. 하나 당황하지도, 두려워하지도 않았다.

적운비가 그랬던 것처럼 노경 역시 흩어지듯 사라진 것이다.

'젠장! 암향표!'

중원사대보법에 손꼽힐 정도로 고절한 암향표였다.

적운비의 미간이 일그러졌다.

제운종이 상하라면, 암향표는 전후의 움직임을 주로 하지 않던가. 본래부터 두 경공은 상성이 그리 좋지 않았다.

한데 암광검선의 암향표라면 상하전후좌우를 모두 아우르지 않겠는가.

적운비는 쉼 없이 교룡검을 흩뿌렸고, 그의 주변에는 교룡검이 만들어 낸 강기가 띠가 되어 비단처럼 너울거렸다.

터터터터텅!

쉼 없이 교차하던 두 사람의 신형이 떨어지는 순간이었다. 노경이 처음에 내리꽂았던 장검이 홀로 부르르 떠는 것이 아닌가.

적운비는 등 뒤에서 느껴지는 검명에 미간을 찡그리며 더욱 거세게 검법을 펼쳤다.

노경은 한 손으로 적운비의 공세를 밀어내고, 튕겨 냈다. 그리고 다른 손을 뒤집어 손바닥을 위로 했다.

장검이 튕기듯이 뽑혀 나왔다.

손가락으로 까딱거리자 장검은 주인의 부름에 호응하듯 쾌속하게 꽂혀 들었다. 그 경로에는 적운비의 등짝이 훤히 드러난 상태였다.

적운비는 최후의 일격을 내지르듯 교룡검에 내력을 쏟아 부었다. 연검은 빳빳하게 펴지며 내리꽂혔다.

노경의 눈빛이 한 줄기 실망감이 스쳐 갔다.

'어린 나이답게 조급해하는구나.'

쩡!

교룡검은 강렬하게 내리꽂힌 것보다 더욱 빠르게 튕겨 나 갔다. 한데 적운비는 아무런 미련 없이 교룡검을 놓아 버리 는 것이 아닌가.

노경의 눈동자에 기광이 번뜩였다.

허공으로 튕겨 나간 교룡검이 갑자기 궤적을 바꾸더니 내 리꽂히는 것이 아닌가.

쩡!

적운비의 교룡검과 노경의 장검이 허공에서 맞부딪치며 굉음을 토해 냈다.

어검술의 충돌로 인한 여파가 미치기도 전이었다.

적운비가 양손으로 태극을 그리며 쇄도한 것이다.

"면장입니다!"

우렁찬 외침과는 다르게 음유한 장력이 바람을 타고 흘러 들었다.

노경의 양손이 빠르게 허공을 찍어나갔다. 면장의 투로를 예측하고 미리 공간을 선점한 것이다.

적운비는 당황하지 않고 매순간 새로운 투로를 만들어 다가섰다.

단 한 번의 충돌도 없이 수십 합이 흘러갔다.

"언제까지 기다려야 하는가?"

자하검선 노현의 시큰둥한 한 마디.

그것은 곧 비무의 종식을 뜻했다.

노경과 적운비는 허공으로 몸을 띄운 후 내려섰다.

적운비는 내려서며 자연스럽게 교룡검을 주워들었다. 한데 그 순간 노경이 손가락을 튕겨 지풍을 쏘아 냈다. 바닥에 나뒹굴던 장검은 지풍에 밀려 교룡검의 검면을 두들겼다. 한데 묘하게도 교룡검과 충돌한 장검이 노경의 오른손에 안착하는 것이 아닌가.

적운비는 검을 거꾸로 쥐고 손을 모았다.

"많은 것을 배웠습니다. 가르침을 주신 것에 감사드립니다."

노경이 쓴웃음을 지었다.

"아닐세. 매순간 놀라지 않을 수가 없더군. 세월의 흐름조차 거스르는 혜검의 힘에 경의를 표하네."

노현은 노경과 스쳐 지나가며 나직이 한 마디를 흘렸다.

"얌전한 척은 다하면서 언제까지 호승심을 버리지 않으

려는 겐가?"

지풍으로 검을 튕겨낸 묘기를 이르는 말이다.

노경은 대꾸하는 대신 헛기침을 하며 시선을 피할 뿐이었
다.

"자! 내 차례군. 표정을 보아하니 할 만한 듯 보이는데 어
떤가?"

적운비는 노현의 말에 손을 모으며 빙긋 웃었다.

"가르침을 달게 받겠습니다."

"좋아!"

노현의 말이 끝나는 것과 동시에 자색 검강이 거대하게
솟구쳤다.

"잔재주는 집어치우고, 사내답게 붙어보세!"

적극적인 성격에 패도적인 움직임이 더해진 셈이다.

적운비는 한달음에 지쳐드는 노현을 보며 눈을 휘둥그레
떴다.

'힘?'

그럴 리가 없다는 것을 잘 알지만, 육신이 본능적으로 먼
저 움직였다.

콰쾅!

적운비는 교룡검에 내력을 넣고 받아쳤다.

찌릿—

한 줄기 반탄력이 전신을 관통했다.

찰나간 사지가 마비될 정도의 반탄력이 아닌가.

"큭!"

적운비는 양의심법을 극성으로 운용하며 몸을 비틀었다. 자하심결로 만들어진 강기의 여파가 후끈하게 몸을 스쳐 지나갔다.

"허허, 단련을 꾸준히 했군! 마음에 들어."

노현의 호탕한 웃음에 적운비는 어색한 웃음을 흘렸다.

"가, 감사합니다."

"자! 이제 나도 감사한 마음을 가지게 한 번 질러보시게!"

콰콰쾅!

이번에는 노현이 두 걸음 물러났다.

눈을 휘둥그레 뜬 것을 보니 반탄강기가 예상보다 강했나 보다.

"허허, 어린 나이에 혜검을 깨달아 조금은 걱정했단다. 한데 대단하구나. 머리도 좋고, 반응속도도 좋고, 판단력도 좋아. 하나 가장 대단한 것은 오만해도 좋을 법한 성취를 지녔으나, 조금도 수련을 게을리하지 않았구나."

"태가 나나요?"

노현은 박장대소를 했다.

"심공은 깨달음의 무공이지만, 운용하는 것은 결국 인간

이 아닌가. 그러니 심공의 운용은 반드시 육신의 단련으로
보조해야 마땅하다. 다만 아직 경험이 부족하구나. 그것은
어쩔 수 없는 일이지.”

적운비는 다시 한 번 교룡검을 겨누며 빙긋 웃었다.

“경험이 부족하면 채우겠습니다!”

노현은 만족스러운 듯 입꼬리를 올렸다.

“오냐! 어디 한 번 달려보자꾸나!”

두 사람의 비무 이후 노경이 합류했다. 세 사람은 돌아가
며 쉼 없이 비무를 이어갔다. 노현은 연방 호탕한 웃음을 터
트렸고, 노경 역시 입가의 미소를 지우지 않았다.

하나 가장 큰 환희는 적운비의 것이었다.

그리고 하룻밤의 비무는 적운비의 부족한 점을 채우기에
충분히 강렬했다.

*   *   *

패천성은 현재 앞뒤로 적을 두고 있는 형국이었다.

전방에는 장성을 위협하는 외적이 들끓었고, 배후에는 같
은 새롭게 창설된 무림도독부가 존재했다.

하나 검류당주와 제갈수련의 회합은 천괴에 대적하기 위
함이 아니었던가. 그렇기에 두 사람이 주선하려던 연석회의

는 쉽사리 날짜를 잡지 못했다.

내일 당장이라도 무림도독부가 쳐들어올지도 모르는 일이기 때문이다.

"큰일이에요. 태상도 요주의 인물이지만, 천괴는 강호 전체를 위기에 빠트릴 정도라고요."

제갈수련은 찻잔을 빙글빙글 돌리며 투덜거렸다.

반쯤 무너진 정자에 모여 앉은 사람들은 제갈수련의 말에 고개를 끄덕였다.

화산쌍선과 적운비, 그리고 진예화와 백이강이었다.

"총선주 말이 맞아. 하지만 그렇다고 해서 패천성의 무인들을 탓할 수는 없네."

노현의 말에 노경은 고개를 끄덕이며 말을 덧붙였다.

"가족을 잃고, 고향을 잃은 것은 비단 민초들의 문제가 아니라네. 패천성에 몸담고 있는 무인들의 절반 이상이 피해를 입었지. 본파 역시 몇 번이나 외인들이 발을 들였네. 문도들을 장성과 패천성에 분산시킨 탓에 문파에는 학도인들이 대부분이었어. 그들은 등에 칼을 맞으면서 경전을 감쌌네."

제갈수련은 고개를 숙였다.

노경은 제갈수련의 어깨를 다독인 후 말을 이었다.

"강호의 안녕을 위해서라면 반드시 천괴를 처단해야 해.

하지만 우선순위는 각자 다른 법이야."

노현은 자조 섞인 웃음을 지으며 말했다.

"어찌 됐든 천괴가 민초들까지 학살하는 것은 아니지 않은가?"

잠자코 듣고 있던 적운비가 끼어들었다.

"천괴의 욕망은 끝이 없습니다. 그가 민초를 건들지 않는 이유는 벌레와 같기 때문입니다. 내일 당장 아이가 흙을 묻혔다는 이유로 수천 명을 죽일 수도 있는 놈이 아닙니까? 패천성의 상황과 천괴를 동시에 해결할 수 있도록 방도를 찾아야 합니다."

백이강과 진예화는 섣불리 대화에 끼어들지 못했다.

식견이 부족한 것도 있었으나, 저들에 비해 배분이 한참 낮았기 때문이다.

그러나 적운비는 수련을 하고 있던 백이강과 진예화를 불러들였다.

사람은 아는 만큼 보고, 아는 만큼 행하는 법이다.

식견이 없으면 쌓아야 하고, 모르면 알아야 하는 법이 아닌가. 두 사람과 위지혁은 장차 무당파를 짊어질 기재였다.

"너희들 생각은 어때?"

백이강이 먼저 입을 열었다.

"괴공께서 말씀하신 것처럼 천괴와 패천성의 적은 따로

떼어놓지 말아야 한다고 생각합니다. 이미 천괴의 제자가 황궁에서 암약하고 있지 않습니까. 무림도독부의 창설은 천괴와 관련이 있습니다. 그러니 한시라도 빨리 무림도독부를 대비해야 합니다."

진예화는 적운비의 시선을 받고 백이강의 말을 이었다.

"말학후배의 생각에는 장성 너머의 외적들의 정보를 파악하는 것도 중요하다는 생각이 듭니다. 천괴의 수하들은 중원 곳곳에서 암수를 펼쳐옵니다. 한데 그들의 활동반경이 중원에만 국한한다고 확신할 수 없으니 불안할 따름입니다."

노경과 노현은 두 사람을 보며 고개를 끄덕였다.

"어린 나이에도 생각이 깊구나. 무당은 이번 대에 수확이 좋겠어."

적운비는 쌍선의 칭찬에 남몰래 입꼬리를 올렸다.

지난밤 두 사람을 불러다놓고 넋두리처럼 강호 정세를 논했다. 한데 두 사람은 자신과 했던 말을 잊지 않았나 보다.

'꼼수긴 하지만 쌍선의 칭찬이라면 잃는 것보다 얻는 것이 더 많겠지.'

쌍선의 한 마디는 큰 효과를 지닌다. 향후 쌍선이 사석에서 두 사람을 칭찬한다면 소문은 끝도 없이 퍼지리라.

강호에서 좋은 소문은 곧 명성이고, 이것은 무인의 위상으로 드러나는 법이다.

반면 제갈수련은 무당 제자들을 보며 혀를 삐죽거렸다. 그녀가 적운비의 장난질을 놓칠 없지 않은가. 그러나 백이강과 진예화를 위한 일이니 겉으로 드러내지 않을 뿐이다.

다만 같은 말을 했어도 저들만 칭찬받는 상황은 마음에 들지 않았다.

'칫, 나라도 항상 잘하는 건 아니란 말이야.'

한데 정자가 조용한 틈을 타 쌍선의 시동이 다가왔다. 그리고 제 딴에는 드러낼 일이 아니라고 생각했는지 목소리를 낮추어 귓속말을 했다.

"재보각에서 오늘까지 수리비를 주셔야 한다는데요?"

노경은 히죽 웃으며 어깨를 으쓱거렸다.

"알았으니 나중에 오라 하거라."

적운비는 시동의 표정을 보며 손으로 입을 가린 채 웃었다.

'호언장담하시더니.'

재보각에서 말하는 수리비는 연무장 파손에 관해서였다. 화산쌍선과 적운비가 밤새 어우러졌으니 연무장이 멀쩡할 리 없지 않은가. 문제는 세 사람이 오랜만에 호기가 넘쳐 주변을 신경 쓰지 않았다는 점이다. 파손된 연무장이 세 곳이고, 병기고 한 곳은 아예 허물어졌다.

적운비가 난감해하자 노경은 호방하게 웃으며 자신이 책임지겠다고 호언장담을 했던 것이다.

"어허! 뭐해? 어서 가서 알리지 않고."

노경이 축객령을 내리자, 시동은 멀뚱히 서서 울상을 지었다. 어린 그에게 재보각의 닳고 닳은 문사는 두려움의 대상일 터였다.

적운비는 그 모습에 제갈수련을 향해 눈짓을 했다.

그러자 제갈수련이 슬그머니 소매에서 주머니 하나를 꺼냈다.

"이것은 천룡맹에서 패천성의 주요문파에 전하는 지원금입니다. 검류당주께 드리려고 했는데 바쁘신지 만날 수가 없네요."

누가 봐도 노경을 배려한 거짓말이다.

한데 노경의 행동은 상식을 벗어났을 정도로 과감했다. 그가 제갈수련이 쥐고 잇던 주머니를 낚아챈 것이다.

"크하하! 잘 됐군. 때마침 돈이 필요했거든."

제갈수련은 노경이 몇 번이나 거절할 것이라 예상했다. 그렇기에 그를 어떻게 설득할지 방법까지 생각해 놓은 상태였다.

"클클, 놀랐는가? 다른 사람이라면 이런 상황을 창피하게 여길 것이야. 하지만 나는 그렇지 않지. 연무장을 고치고, 남은 돈으로는 밥이나 잔뜩 사야겠어. 이 동네는 굶는 사람 천지거든."

"네, 그러시군요."

제갈수련은 뒤늦게 표정을 수습했다.

하나 노경의 공격은 끝난 것이 아니었다.

"총선주, 제갈세가는 부유하기로 유명하지? 머리 좋은 사람들이 모였으니 돈을 버는 재주 또한 특출할 게야. 그러니 더 주는 게 어떤가?"

이번만은 제갈수련은 눈을 동그랗게 뜨고 당황하지 않을 수가 없었다.

"네?"

적운비가 얄밉게 거들고 나섰다.

"설마 아까운 거야? 제갈세가 출신의 배포가 이리 작아서야 되겠어."

제갈수련의 양 볼이 발갛게 변했다.

"그, 그럴 리가 없잖아요!"

결국 제갈수련은 가진 돈을 모두 내놓아야 했다. 그리고 백이강과 진예화 역시 비상금을 보탰다. 패천성 무인들의 노력과 결실을 지켜보았기에 감사한 마음으로 보탤 수 있었다.

노경은 시동에게 돈을 맡긴 후 너털웃음을 흘렸다.

"저 돈이면 성 밖 막사의 아이들 수백이 따뜻한 밥을 먹을 수 있을 것이야. 고맙네."

잠시 후 화산쌍선이 떠났다.

진예화는 그들의 뒷모습과 패천성의 전경을 눈에 담았다.

"체면, 격식, 예법을 따르지 않지만, 아무리 생각해도 저분들이 진정한 협객이 아닌가 싶어요."

제갈수련도 백이강도 고개를 끄덕여 동의했다.

적운비는 빙긋 웃으며 한 마디를 읊조렸다.

'천괴의 가장 큰 적은 나도, 정파도 아니로구나.'

강호인 역시 사람이며, 중원에서 살아가는 존재인 것이다. 독행하여 신이 되겠다는 천괴와 상극을 이루는 것은 다같이 함께 사람답게 살겠다는 패천성 무인들의 의지가 아닐까 하는 생각이 절로 일어났다.

　　　　　*　　　*　　　*

화북 지방에 무림도독부가 들어선다는 소문은 이미 모르는 이가 없을 정도였다.

하지만 사람들의 반응은 천차만별이었다.

도독부가 북방에 창설된다는 것은 외적을 방비하는데 큰 도움이 될 것이라는 의견이 지배적이었다. 그러나 강호의 정세에 밝은 사람들은 마냥 낙관적으로 도독부의 창설을 바라볼 수 없었다.

황궁이 강호를 탐탁지 않아하는 것은 익히 알려진 사실이다. 그러니 무림도독부의 칼이 어느 순간 패천성을 겨눌지 알 수 없는 일이었다.

누군가는 기뻐하고, 누군가는 근심하는 사이 무림도독부는 황궁의 지원을 받은 만큼 급격하게 세력을 확장했다.

이제 강호인의 시선은 화북지방의 주인이라고 할 수 있는 연왕부로 향했다. 연왕은 사사로이 황제의 숙부이며 가장 큰 정적이 아닌가.

하나 연왕부는 침묵을 지켰다.

수많은 간자가 오고갔지만, 농사를 짓고, 가축을 키우는 모습만 보고될 뿐이었다.

결국 우려와 관심 속에 무림도독부가 창설됐다.

높다란 누각과 화려한 건물에 정체를 알 수 없는 무인들이 밤낮을 가리지 않고 집결했다.

그리고 무림도독부가 정식으로 활동을 시작하는 날 의외의 세력이 도독부의 문을 지나갔다.

석가장(石家莊).

학계, 재계는 물론이고, 강호문파와 황궁과도 깊은 관계가 있는 중립적인 명문이 아닌가.

지금껏 황궁과 연왕부에서 몇 번이나 초청했지만, 석가장은 움직이지 않았다. 그러면서도 명맥을 유지했으니 석가장의 저력은 단순하게 겉으로 드러난 것만으로는 파악할 수 없었다.

한데 그런 석가장이 갑작스레 무림도독부의 문을 두드린 것이다. 패천성은 물론이고, 천룡맹의 정보단체까지 비상을 걸고 연유를 찾으려 했다. 하나 그 저변에 깔린 진실은 누구도 알아차릴 수 없었다.

무림도독부는 오군의 도독이 교대로 감독하게 되어 있다. 그렇기에 종이품 도독첨사가 실질적인 도독부의 명령권자였다.

석가장주는 도독첨사가 들어서자 손을 모았다.

"석가장의 장주 석화인이라고 합니다."

도독첨사의 지위를 제수받은 태상은 화려한 관복을 걸치고 있었다.

"허허, 석가장이 갑자기 한 팔을 거들어준다니 그야말로 천군만마를 얻은 것 같구려."

석화인은 별다른 반응을 보이지 않았다.

그러나 태상의 웃음은 사라질 줄을 몰랐다.

실질적으로 석가장이 무림도독부에 힘을 실어주는 것은

불가능하다. 하나 사태천은 물론이고, 각계각층에 쌓아 놓은 인맥은 태상의 든든한 지원군이 될 것이다.

태상은 만족스러운 표정을 짓다가 은근슬쩍 물었다.

"본 첨사와 석가장은 인연이라고 할 만한 일이 없소이다. 한데 갑자기 이렇게 돕고자 나선 까닭이 무엇이오?"

아무거나 준다고 넙죽 먹을 사람이었다면 여기까지 오지 못했을 것이다.

석화인은 무심한 표정으로 대꾸했다.

"대의를 따라야지요."

태상의 눈빛이 번뜩였다.

석화인의 눈빛에서 진심을 보지 못한 까닭이다.

'뭐지?'

그 순간 대전의 밖에서 혀를 차는 소리가 들려왔다.

"쯧쯧, 아직도 아쉬운 부분이 많군."

태상은 눈을 부릅떴다.

무림도독부의 심처인 이곳은 철저하게 출입이 통제된 곳이다. 이런 곳에 숨어들어온 자라면 호의적이지는 않을 것이 분명했다.

"웬 놈이냐?

대답은 어느새 등 뒤에서 들려왔다.

"오랜만이군."

태상은 벌떡 일어나며 몸을 돌렸다. 낯설지만 어딘가 귀에 익은 목소리였다. 태상은 상대의 얼굴을 확인하고도 믿을 수 없다는 듯 말꼬리를 흐렸다.

"당신은……."

"네 얼굴을 잊은 겐가?"

평범한 인상이지만 잊었을 리가 없다.

그는 태상과 황실의 연결고리가 되었던 중서사인이기 때문이다. 하나 도독부가 창설되고 교지를 받은 후에는 까맣게 잊었다. 종이품의 도독첨사가 종칠품의 중서사인 따위를 신경 쓸 여력이 있을 리 만무하지 않은가.

태상은 자신의 생각이 틀렸음을 인정했다.

자신 앞에서 시종일관 당당한 모습과 기척 없이 나타난 것으로 보아 평범한 자가 아닐 터였다.

그 순간 불길한 생각이 뇌리를 스쳤다.

태상은 고개를 돌려 석화인을 쳐다봤다.

그는 중서사인의 등장에도 표정 한 점 변하지 않은 채 자리를 지키고 있었다. 그뿐 아니라 마치 넋이 나간 사람처럼 멀뚱히 앉아 있는 것이 아닌가.

"그쪽은 신경 쓰지 않아도 돼. 앞으로 자네가 시키는 거라면 똥이라도 먹을 걸세. 뭐 아직은 완성이 안 돼서 그런지 감정을 표현하는 것이 어색하더군."

"가짜란 말이오?"

중서사인은 히죽 웃으며 말했다.

"진짜야. 그러니 걱정하지 않아도 되네."

태상은 침음을 흘렸다.

강호는 오랜 역사만큼이나 기환이술이 다양했다. 그 중에 미혼술 또한 강력한 효과를 자랑하지 않던가. 하나 저처럼 사람의 의지와 성격을 통째로 바꾸는 미혼술은 들어본 적이 없었다.

결국 태상은 본질적인 의문을 꺼냈다.

"당신, 정체가 뭐지?"

중서사인은 담담한 어조로 대꾸했다.

"네게 하대를 해도 되는 존재. 넋 빠진 인형이 되고 싶지 않다면 호기심은 넣어 두도록 해."

태상은 중서사인의 무례함에 분노를 토해내려 했다.

하나 그 순간 자신의 옷차림을 보고 눈을 휘둥그레 떠야 했다. 어느새 속곳 차림으로 서 있는 자신을 발견했기 때문이다. 그리고 자신이 입고 있던 화려한 관복은 탁자 위에 놓여 있었다.

중서사인은 그 모습을 보며 입을 가렸다.

하나 웃고 있음은 불을 보듯 뻔할 터였다.

"다음에 정신을 놓으면 다시는 돌아올 수 없을지도 몰

라."

태상은 표정을 굳힌 채 말했다.

"내게 원하는 것이 무엇이오?"

중서사인은 손가락을 튕겼다.

그러자 창문이 열리며 밤하늘의 달빛이 쏟아져 들어온다. 한데 어느 순간 달빛이 붉게 물들며 음산함 기운을 쏟아 내는 것이 아닌가.

태상의 귓가에 중서사인의 나직한 한 마디가 들려왔다.

"수라대계를 실행할까 해."

수라대계(修羅大計)라는 단어에서 느껴지는 섬뜩함.

오랜 세월 귀계를 벗 삼아 살아왔던 태상으로서도 전신에 소름이 돋는 듯했다.

위기의식이 강해지는 만큼 정신이 번쩍 들었다.

상대가 먼저 정체를 밝히며 다가온 데는 이유가 있을 터였다. 얻을 것이 있다면 섣불리 판을 뒤집지 못할 것이다. 하나 주도권을 잡기에는 너무도 위태로운 형국이 아닌가.

이럴 때에는 최대한 받아내는 것이 관건일 터였다.

태상은 호흡을 가다듬고 물었다.

"내가 얻는 것은?"

중서사인은 눈을 동그랗게 떴다.

태상의 심계가 예상 외였던 것이다.

"뭘 가지고 싶은가?"

"당신이 뭘 가지고 싶은가에 따라 다르겠지."

"어째 도독첨사가 된 이후로 혀가 많이 짧아진 듯하이?"

중서사인에게서 생전 겪어보지 못했던 음습한 기운이 흘러나왔다.

태상은 주춤거렸지만, 이내 표정을 수습했다.

이미 천룡맹주 자리에서 축출된 상태가 아닌가. 돌이켜 생각해 보면 천룡대회의가 열렸을 때 관군이 투입되지 않은 이유도 저 자의 탓일 게다.

그러니 자신은 이미 중서사인과 깊이 관련된 상태였고, 무림도독부를 제외하면 태상이 비빌 언덕은 없는 것이나 다름없었다.

이미 벼랑 끝에 몰린 것이다.

"한때 천하를 노렸고, 일부를 손에 넣었던 나요. 내가 저 잣거리의 어중이떠중이도 아니고 이쯤 되면 알 자격이 있다고 생각하는데?"

중서사인은 입꼬리를 올렸다.

"생각했던 것보다 더 쓸모 있을 것 같군."

태상의 얼굴이 일그러졌다.

평생 이런 굴욕은 당한 적이 없기 때문이다.

"언제까지 사담을 나눌 생각이오?"

중서사인은 폭소를 터트렸다.

"크하하하! 좋아. 좋아. 강호를 주지. 원한다면 황궁에 승상 자리도 만들어 주겠어. 이 정도면 되지 만족하는가?"

태상은 미간을 찡그렸다.

이용만 당하다가 등에 칼을 맞아도 이상할 것이 없는 형국이다. 한데 상대의 제안은 그런 불길한 예감을 더욱 증폭시키기에 충분했다.

"그게 가능하려면 당신은 황제라도 되려는 건가?"

중서사인은 코웃음을 쳤다.

"그런 괴뢰 자리는 관심 없다. 어차피 그 정도가 너희들이 생각할 수 있는 전부가 아닌가. 나는 그 이상을 원하고, 그러한 존재가 될 것이야."

태상은 중서사인의 눈빛을 마주하고 긴장을 극대화시켰다.

'괴뢰? 너희? 마치 너는 인간이 아닌 것처럼 이야기하는군.'

중서사인은 태상의 생각을 꿰뚫어 보는 것처럼 묘한 미소를 지었다.

"너는 네가 하던 것처럼 네 욕심만 차리면 된다."

태상은 불현듯 머릿속에 떠오른 생각을 조심스럽게 꺼냈다.

"혹시 황상도 석가장주처럼……."

중서사인은 대수롭지 않게 말을 이었다.

"천자라고 해서 사람이 아닌 것은 아니야."

태상은 잠시 입을 닫았다.

대학사도 석가장주와 같은 상황이라는 것은 불을 보듯 뻔했다.

"당신 누구야?"

지금껏 태상은 단 한 번도 이처럼 저급한 의문을 해결하려 한 적이 없었다. 항상 방법을 생각하고, 그로 인한 이득을 채웠을 뿐이다.

상대의 정체를 알아서 무엇 하겠는가?

어차피 자신과 얽힌 이상 한 번 쓰고 버리는 일회용품이나 마찬가지였다. 그러나 태상은 마음속 깊은 곳부터 절실하게 상대의 정체를 궁금해했다.

한데 중서사인은 기다렸다는 듯이 입을 여는 것이 아닌가.

"명수라."

태상은 고개를 갸웃거렸다.

천룡맹주에서 쫓겨났지만, 정보력으로는 누구에게도 뒤지지 않을 터였다. 하나 명수라는 이름은 지금껏 어느 보고서에서도 읽은 기억이 전무했다.

"천하에 내 이름을 알고 있는 자는 여섯, 아니 하나가 죽었으니 다섯이군. 그러니 모른다고 스스로를 비하할 필요는 없네."

명수라는 천괴나 그 제자들이 그러하듯 숨기는 것이 없었다. 스스로 극의에 이르렀다고 여겼기에 개의치 않는 것이다.

태상은 명수라에게서 느껴지는 이질적인 기운에 표정을 굳혔다.

"내가 뭘 하면 되는 거지?"

명수라는 멀뚱히 앉아 있는 석가장주를 밀어내고 자리를 차지했다.

"천하가 뒤집어졌으면 좋겠어. 새나라가 들어설 때처럼 매일같이 시산혈해로 천하가 혈향으로 물들었으면 좋겠어. 그런 일을 할 만한 자로는 연왕이 제격이었어. 그래서 황제를 시켜 번왕들을 숙청했지. 하면 저도 살고 싶으니 알아서 역모를 일으킬 것이라 여겼어."

"……"

"한데 그 늙은 놈이 좀처럼 움직이지 않는단 말이야. 소문만 들어서는 황제 자리만 호시탐탐 노리는 놈이었는데."

"무림도독부를 만든 것은 연왕을 목표로 한 것이군."

명수라는 박수를 치며 고개를 끄덕였다.

"머리가 잘 돌아가는군. 무림도독부가 연왕을 건드리면 패천성이 개입할 거야. 네가 빼앗긴 천룡맹도 아래서 치고 올라오겠지."

태상은 얼굴을 찡그리며 말을 이었다.

"무림도독부가 군대를 움직일 수 있다지만 저들 모두를 상대하는 것은 불가능하다. 널 위해 목숨까지 바치고 싶은 생각은 없다."

명수라는 히죽 웃으며 말했다.

"정면으로 부딪칠 필요는 없어. 쓸 만한 애들은 원하는 만큼 지원해 주지."

"쓸 만한 애들?"

"황궁무고를 털어서 키운 애들이야."

명수라는 석가장주를 턱짓으로 가리키며 말을 이었다.

"말은 잘 들을 테니 걱정하지 말고."

"담을 넘으라는 거군."

태상의 말에 명수라는 고개를 끄덕였다.

"연왕은 건드리지 마. 대신 가족은 눈에 보이는 족족 쳐 죽이라고."

"장수도 건드리면 안 되겠지?"

"클클, 역시 말이 잘 통하네. 전쟁은 분노만 가지고 할 수 없잖아. 그러니 팔다리를 잘라서야 쓰나."

태상은 잠시 머뭇거렸다.

호기심은 명을 재촉한다.

그것을 알면서도 묻지 않을 수가 없었다.

"황제가 되고 싶은 것도 아니고, 네가 힘을 필요로 하는 것도 아닐 터. 혈란을 일으켜서 당신이 얻은 것이 뭐지?"

명수라는 의자에 몸을 묻었다.

"네가 안다고 해서 이해할 일이 아니다."

"하지만……."

"개야."

태상은 명수라의 눈빛에 옴짝달싹하지 못했다.

명수라는 다시 탁자에 팔을 괴며 나직이 말을 이었다.

"너는 개야. 주인님이 주는 뼈다귀나 열심히 핥으면서 만족해야 할 개야. 그러니까 뼈다귀나 잘 간수하도록 하여라. 주인님이 뭘 하는지는 궁금해하지 말고 말이야."

"크흑."

태상은 굴욕감을 이기지 못하고 침음을 흘렸다.

명수라는 그 모습을 보고 태상의 팔을 향해 손가락을 까딱거렸다. 그 순간 엄청난 고통이 팔뚝을 통해 전해진다. 그러고는 꿈틀거리던 핏줄이 살을 뚫고 튀어나왔다.

촤아악!

핏물이 용솟음친다.

마치 누군가 밀어내는 것처럼 말이다.

태상은 팔을 부여잡고 비명을 내질렀다. 하지만 수많은 호위와 도독부의 군관들은 한 명도 모습을 내비치지 않았다.

"사, 살려줘."

그 순간 핏물이 잦아들었다.

고통 속에서 명수라의 나직한 한 마디가 들려왔다.

"이렇게 복잡하게 일을 만드는 이유는 연왕까지 종으로 만들면 재미가 없어서야. 인간으로서의 마지막 유희인데 대충 끝내기에는 아쉽지 않겠나?"

"맞소. 맞습니다!"

명수라는 뒷짐을 진 채 대전 밖으로 나섰다.

"내일 밤이면 쓸 만한 녀석들이 올 게다. 데리고 한 번 재미지게 놀아봐."

태상은 명수라가 사라진 후에도 한참 동안 고개를 들지 않았다. 하나 그의 눈동자는 지금까지 살아왔던 그 어느 때보다 강렬하게 빛나고 있었다.

'감히 나를! 네놈의 꿍꿍이가 뭔지 반드시 알아낼 것이야. 그리고 내가 모든 것을 가질 것이야!'

명수라는 뒷짐을 진 채 처마 끝에 서 있었다.

그런 그의 뒤에 백의인이 나타났다.

"증오와 분노가 여기까지 느껴지는군요. 이대로 일을 진행하셔도 되겠습니까?"

백의인은 적연철방에서 사라졌던 백천이다.

그는 형제의 죽음을 까맣게 잊은 것처럼 싱글벙글 웃고 있었다.

"크큭, 조만간 혈마교와 사도련이 정마대전을 선포할 거다. 남과 북에서 동시에 혈란이 터지고, 천하는 피바다가 될 것이야."

백천의 눈동자가 빛을 발했다.

"수라대계의 종장이군요."

"중원 전체가 피로 물들면 음의 기운은 극에 달해 천지가 요동을 칠 것이다. 그때가 되면 불멸전혼대법을 완성하는 것은 일도 아니야."

명수라의 확신에 백천은 의아함을 감추지 않았다.

"한데 이렇게 해도 되는 겁니까? 사부님께서 아시기라도 한다면……."

"쯧쯧, 핏줄을 버리고 한 단계 성장했다고 여겼거늘 여전히 제자리로구나."

백천은 얼굴을 붉히며 말했다.

"그, 그렇지 않소!"

명수라는 휘황찬란한 달을 보며 숨을 내쉈다.

"천괴에게 있어서 우리는 뭘까? 우리가 보는 인간과 다를 바가 없을 것이다. 한낱 미물의 꿈틀거림을 신경 쓰실 이유가 없지."

백천은 미간을 찡그리며 물었다.

"하면 우리와 연을 맺은 것이 단순하게 내상을 치료하기 위함이었단 말이오?"

명수라는 입꼬리를 올리며 턱을 쓰다듬었다.

"흐음, 나도 궁금하다. 그분의 관심이 어디에 있는지……."

"상관없다면서 궁금할 이유가 뭐요?"

명수라의 얼굴이 처음으로 일그러졌다.

"행여 천괴의 관심사가 수라대계와 겹친다면 그 끝은 결코 좋지 않을 테니까."

"만안당주에게서 정보를 캐내어볼까?"

명수라는 대전 전체를 휘감고 있는 증오와 분노의 주체를 응시했다.

"태상을 지켜봐. 연왕의 발호하면 수라대계는 비탈길의 수레처럼 알아서 진행될 것이야."

*　　　*　　　*

백이강과 진예화는 검을 든 채 호흡을 가다듬었다.

각기 무당의 절예를 익히지 않았던가.

진무신기검(眞武神器劍)은 조화를 중심으로 한다.

장문제자에게만 전해지는 비전에 적운비가 전한 혜검의 깨달음을 접목시켰다. 그로 인해 진무신기검은 검법을 주로 하지만 병장기나 손발의 구애를 받지 않았다.

구궁신행검 또한 혜검의 깨달음을 받아들인 것은 매한가지였다. 하나 검법의 요체만은 변하지 않았고, 여전히 구궁을 점하여 완벽한 공수(攻守)를 추구했다.

두 사람은 적운비의 입회하에 몇 번이나 검격을 나눈 후였다.

"자유분방하다며? 과유불급은 호불호를 가리지 않아. 올곧음이 검에 묻어나는 것은 좋지만, 그걸로 시작해서 끝나면 의미가 없잖아."

백이강은 진예화에게서 눈을 떼지 않고 말했다.

"아직 뜻대로 움직이지 않습니다."

"의기발현은 절대의 벽을 두드리는 것이야. 벽을 부수든, 넘든 심공의 경지는 멀지 않아. 너는 머리를 비워야 해."

"명심하겠습니다!"

적운비는 진예화를 쳐다보며 고개를 갸웃거렸다.

"예화는 실전을 치르는 수밖에 없겠는걸. 마음을 비워도 너무 비웠어. 자신을 믿어야 벽을 넘을 수 있어. 언제까지 스스로를 가둬둘 거야? 고향까지 다녀왔으면서 아직까지 마음에 짐이 남아 있는 거야?"

진예화는 아랫입술을 베어 물었다.

동문을 챙기고 헤아리는 마음은 천하제일이면서도 어찌 자신의 마음을 모른단 말인가.

백이강은 갑자기 시선을 피하며 헛기침을 했다.

'저 무뚝뚝한 녀석도 아는 걸······.'

적운비는 박수를 쳐 두 사람을 집중시켰다.

"벽은 자신이 깨야 해. 그 누구도 대신해 줄 수 없어. 아직 더 할 수 있지?"

"할 수 있습니다!"

진예화가 백이강에 이어 대답을 하려는 순간이었다.

제갈수련이 잰걸음으로 연무장으로 들어섰다.

적운비는 미간을 찡그렸다.

"수련하는 중이야."

제갈수련은 개의치 않고 환하게 웃으며 말했다.

"됐어!"

"뭐가?"

"성주가 우리의 뜻을 연왕에게 전했어."

적운비의 눈빛이 한순간 미세하게 흔들렸다.

제갈수련은 그녀답지 않게 흥분하여 화색을 띠었다.

"조만간 연왕이 연회를 열거래. 그때 우리의 뜻을 연왕에게 전할 시간이 만들어질 거야. 연왕부와 패천성, 그리고 천룡맹이 합심하면 거대한 동맹이 만들어진다고!"

진예화와 백이강은 서로를 보며 눈을 휘둥그레 떴다.

북방의 수호신이라 불리며 일대의 영웅으로 추앙받는 연왕이 아닌가. 그가 패천성과 함께 십만 외적을 막아냈던 전적은 아직도 호사가들이 즐겨하는 이야깃거리였다. 그러니 연왕과의 만남에 제갈수련이 흥분하는 것도 무리는 아니었다.

"다들 짐 싸요. 이번에는 늙은이들은 빼고 우리끼리 단출하게 가 보자고요."

제갈수련의 말에 두 사람은 적운비를 쳐다봤다.

하나 적운비는 연왕부가 있는 방향을 응시하며 깊은 생각에 잠겨 있었다.

'돌아가는구나.'

第八章
북왕(北王)

　화북의 주인, 북방의 수호자를 비롯해 연왕을 표현하는
호칭은 많고도 많다. 그러나 정작 연왕은 사람들이 숨어서
부르는 북왕이라는 호칭을 가장 좋아했다.

　"자네의 생각은 어떠한가?"

　북왕의 맞은편에 앉아 있던 노승이 삼각 눈을 끔뻑였다.
노승은 연왕부 인근에 있는 경승사의 주지인 도연(道衍)으
로 북왕의 군사 역할을 맡고 있었다.

　도연의 얼굴은 병든 호랑이처럼 기묘했다.

　그는 연방 눈을 끔뻑이다가 헤죽 웃었다.

　"진시황도 아니고 영생이라니 자다가도 웃을 일이로군

요."

북왕은 부리부리한 눈동자를 굴리며 고개를 갸웃거렸다. 그의 눈에는 나이에 어울리지 않는 노회한 기운이 서려 있었다.

"그렇게 허황된 이야기인가?"

"관심 있으십니까?"

"딱히 할 일도 없으니까 관심 가지지 못할 것도 없지 않은가?"

도연은 창가로 힘겹게 걸음을 옮겼다. 그러고는 넋이 나간 사람처럼 하늘에서 시선을 떼지 않았다.

북왕은 익숙한 일인지 재촉하지 않고, 찻잔을 기울이며 시간을 보냈다.

도연은 한참이 지난 후에야 자리로 돌아왔다.

"자미성의 빛이 심상치 않군요. 사방천에 혈기가 가득하고, 중천은 구름이 잦습니다. 천문에서 사라진 고성(古星)이 곳곳에서 번쩍이니 조만간 큰 혈겁이 일어날 듯싶군요."

북왕은 침음을 삼켰다.

도연은 관상과 천문에 조예가 깊고, 지식의 해박함은 따를 자가 없을 정도였다. 그러니 그의 말이라면 귀담아 들을 만했다.

"고성이라…… 그런 일이 흔히 일어나는가?"

북왕의 말에 도연은 입꼬리를 올렸다.

"가끔 일어나지요. 천지가 뒤집힐 때."

"별로 듣기 좋은 소리가 아니군."

도연은 목소리를 낮췄다.

"천괴가 살아 있고, 영생을 하고 있다면 큰 문제입니다. 하지만 그렇지 않다고 해도 문제가 없는 것은 아닙니다. 무림도독부는 명백히 전하를 견제하려고 설치한 겁니다. 이미 연왕부 내에도 수십 명의 간자가 오가고 있지 않습니까?"

북왕은 근심 가득한 표정을 지으며 말했다.

"그냥 두게."

"번왕이 모두 숙청되고 이제 전하만 남았습니다. 장성 밖의 이민족이 아니었다면 벌써 사달이 나도 났을 겁니다. 역설적으로 장성 밖의 외적들이 전하를 지켜 주고 있는 셈이지요. 현재 연왕부는 바람 앞의 등불이요, 모래 위의 누각입니다."

도연은 오늘따라 끈질겼다. 그가 은근슬쩍 반정을 거론한 것만 해도 서너 번은 될 것이다.

하나 북왕은 요지부동이었다.

그는 눈을 지그시 감고 한 마디를 흘렸다.

"황제 역시 태조의 핏줄이 아닌가. 내가 살아 있는 동안 더 이상 내 손으로 혈맥을 끊어 낼 수는 없는 노릇이야."

도연은 더 이상이라는 말에 고개를 숙이며 한 발 물러섰다.

"늙은 중의 충언이라 생각하고 들어주십시오. 전하의 의중을 모르는 것은 아닙니다. 하지만 그렇다고 칼날 위에 목을 들이댈 필요는 없지 않습니까? 화북의 민초들을 생각하십시오. 전하가 없으면 패천성은 구심점을 잃을 것이고, 그 폐해는 오롯이 민초들에게 향할 것입니다."

한참의 시간이 흐른 후 북왕은 나직이 한 마디를 흘렸다.

"어찌하려는가?"

"패천성의 무인들이 천룡맹의 사절을 데리고 온다더군요. 무당과 제갈의 가솔이라니 용도가 있을 것입니다."

"알았네. 자네가 진행하게."

도연은 깊은 생각에 잠긴 연왕을 뒤로하고 대전을 나섰다. 그는 구름 낀 밤하늘을 보며 나직이 숨을 내쉬었다.

'젊은 날 재주를 자랑하려다 전하께 큰 심려를 끼쳤지. 그 업보가 이제야 돌아오는구나. 천하에는 하루가 다르게 피비린내가 자욱한데 할 수 있는 일이 없다니…… 모두 내 탓이다. 내 탓이야.'

도연은 호흡을 가다듬고 몸을 꼿꼿이 세웠다.

'전하께서 두 번 다시 피눈물을 흘리시게 만든다면 간승이라는 별호가 부끄러우리라.'

그가 몇 걸음을 걷기도 전에 귓가에 스며드는 희미한 속삭임이 있었다.

그는 경승사로 향하던 발걸음을 돌려 후원으로 향했다. 그리고 그곳에는 우람한 체구의 노인이 흰 수염을 자랑하고 있었다.

도연은 노인을 향해 허리를 깊이 숙였다.

그는 지금껏 초대 황제와 연왕을 제외하면 단 한 번도 허리를 숙인 적이 없었다.

"상 장군."

"되었네. 이미 오래전에 잊은 이름이고, 지금은 노대로 족하네."

도연과 마주한 노인은 무당파에 남아 있던 노대였다. 노대는 넓적한 바위에 앉아 싸구려 화주를 들이켰다.

"갑자기 찾아와서 놀랐는가?"

"언젠가는 한 번쯤 돌아오실 것이라 생각했습니다."

노대는 도연의 느긋한 응대에 미간을 찡그렸다.

"떠날 때 다시는 돌아오지 않겠다고 약조했었지. 그 대가로 많은 것을 받았어. 한데 나는 약속을 어기고 돌아왔네. 나를 탓하지 않는 것인가?"

"세상 일이 뜻대로만 된다면 어찌 분란이 있겠습니까? 노대께서 돌아오신 것은 그분 때문이겠지요?"

노대의 얼굴이 새빨갛게 달아올랐다.

분명 취기가 올라서는 아닐 터였다.

"그분? 자네 입에서 그분이라는 소리가 나오는가?"

도연은 담담한 표정으로 말을 이었다.

"사람에게는 누구나 중요한 사람이 있지 않습니까? 노대와 저는 대상이 달랐을 뿐입니다."

노대는 살기를 담아 도연을 노려봤다.

하나 도연은 무공을 익히지 않았음에도 살기를 무심하게 받아 넘기는 것이 아닌가.

도무지 속내를 알 수 없는 자다. 요승(妖僧)이나 간승(奸僧)이라 불리는 것도 당연하리라.

결국 노대는 코웃음을 치며 술병을 기울였다.

"흥! 하늘도 무심하시지. 간승을 아직까지 살려두시다니."

"쓸 곳이 있으신가보지요."

노대는 몸을 일으키며 도연을 노려봤다.

"그 아이가 오고 있다. 아무것도 하지 마라. 네 말처럼 대상이 다른 법이야. 그 아이를 또 한 번 건드린다면 나와 금백귀가 용납지 않을 것이야."

도연은 예를 표하면서도 단호하게 말했다.

"장담할 수는 없군요."

노대는 빈 술병을 집어던졌다. 그리고 허리춤에 매인 패검을 쓰다듬으며 한 마디를 남겼다.

"하늘이 데리고 가지 않는다면 내가 보내줄 수도 있다는 걸 잊지 말게."

도연은 후원에 홀로 앉아 중얼거렸다.

"아니 노대가 저렇게 호언장담을 할 정도인가?"

허공에서 대답이 들려왔다.

"천룡맹과 혈마교의 영역에서는 명성이 자자합니다. 소문의 절반만 진실이라고 해도 견줄 자가 많지 않을 정도입니다."

"흐음, 결국 내가 옳았군. 하지만 어떻게 받아들여야 하는 것인가."

"명령만 내려주십시오. 그들이 도착하려면 아직 하루가 남았습니다."

도연은 침음을 흘리다가 나직이 한 마디를 내뱉었다.

"우리 쪽에서 먼저 칼을 뽑을 이유는 없지. 삼각동맹을 위해서라도 일단은 지켜봐야겠어."

도연은 산보를 하듯 천천히 후원을 벗어났다.

'자미성이 유달리 빛나는 것이 유일한 호재인데…… 과

연 나는 어디까지 본 것이고, 하늘은 어디까지 보여준 것일꼬?'

이튿날 하인들은 도연의 명으로 연왕부의 후미진 곳에 위치한 장원을 청소해야 했다.

*   *   *

태상은 수북하게 쌓인 문서를 뒤적거리다가 입꼬리를 올렸다. 우측에 쌓인 문서는 연왕부와 패천성을 조사하는 과정에서 누적된 것이다. 반면 좌측에 쌓인 보고서는 태상이 직접 조사한 것이다.

"클클, 이렇게 되면 외적에게 감사를 해야 하나?"

수많은 이민족이 장성 밖에서 살아간다.

그들은 중원을 원했고, 매해 장성을 넘었다.

그리고 연왕부와 패천성은 지금껏 외적의 침략을 훌륭하게 막아 냈다. 하지만 황궁의 지원 없이 방어하는 것도 한계를 드러낸 것이다.

"연왕부는 정병의 육 할을 잃었구나. 쯧쯧, 이러니 정변을 일으키지 못하는 것도 당연해. 질 싸움을 시작할 수는 없으니까 말이야."

패천성이라고 해서 연왕부와 다르지 않았다.

연왕부의 정병들은 장성을 중심으로 방어진을 펼쳤다. 하지만 장성을 모두 지키는 것은 불가능에 가까웠다. 그렇기에 장성을 넘어 침입한 외적의 처리는 패천성의 몫이었다.

산서성와 섬서는 물론이고, 화북지방까지 종횡하였으니 그 피해가 어느 정도인지는 불을 보듯 뻔했다.

고수라고 해도 지치고, 병드는 것은 마찬가지가 아니던가.

"절대급은 많지 않아. 관건은 명수라가 보내주는 지원이겠군."

태상은 명수라를 떠올리는 순간 인상을 썼다.

그의 무위를 인정하는 것과 별개로 원한은 깊어만 갔다.

'힘만 가졌다고 절대자가 되는 것은 아니야!'

그가 명수라에 대한 원한을 곱씹는 사이 염라가 황급히 내실로 들어섰다.

"무슨 일이냐?"

염라는 그답지 않게 당황스러운 표정을 지었다.

"첨사를 뵙겠다는 자가 있습니다."

"그런데?"

"한데 그 자를 만난 장소가 천주각이었습니다."

태상은 미간을 찡그렸다.

천주각은 도둑부를 만드는 과정에서 자신의 휴식처로 만들어놓은 곳이 아닌가. 당연히 태상을 제외하면 출입이 불가능했다.

'명수라가 보낸 놈이겠군.'

태상은 망설임 없이 천주각으로 향했다.

한데 그는 천주각에 들어서자마자 오만상을 지었다.

이립이나 됐을까 싶은 사내가 탁자에 발을 올린 채 콧노래를 흥얼거리고 있었기 때문이다.

"누구냐?"

"암천이라고 합니다."

태상은 싱글벙글 웃는 사내를 향해 노호성을 내질렀다.

"그 발 내리지 못할까!"

태상의 노호성에 암천은 머리를 긁적이며 몸을 일으켰다. 느긋하게 움직이는 암천을 보는 태상의 얼굴은 더욱 일그러졌다.

암천은 태상을 향해 고개를 꾸벅 숙인 후 헤죽거리며 말했다.

"미안하게 됐습니다. 며칠 동안 쉬지도 못하고 달렸더니 발이 퉁퉁 부었거든요."

"흥! 네 주인의 말과 다르군. 말 잘 듣는 인형들이라더니 예의도 모르는 놈을 보내다니."

암천은 태상의 분노를 대수롭지 않게 넘기며 어깨를 으쓱거렸다.

"그래도 도독부인데 말도 못하는 놈들만 보낼 수는 없지 않겠습니까? 저는 물건을 전달하러 왔을 뿐입니다. 그러니 걱정하지 않으셔도 됩니다. 곧 눈에 띄지 않게 사라져드릴 테니까요."

"홍! 그럼 어디 인형이나 볼까?"

태상의 시큰둥한 말에 암천은 히죽 웃으며 휘파람을 불었다. 그 순간 천주각 곳곳에서 흑의경장을 입은 자들이 하나둘씩 모습을 드러냈다.

'오십여 명은 족히 될 듯한데, 아무도 눈치를 못 챘다고?'

태상은 눈을 가늘게 뜨고 침음을 흘렸다.

천주각은 무림도독부의 심처였고, 그 중에서도 경계가 가장 삼엄한 곳이다. 한데 저들은 제집 드나들 듯 숨어들어 온 것이니 놀라지 않을 수가 없었다.

암천은 태상의 표정을 보며 키득거리더니 은근슬쩍 말을 걸었다.

"그런데 다 부를까요?"

"무슨 소리냐?"

"굳이 다 부를 필요가 있을까 싶어 일부만 불렀습니다

만."

태상은 표정을 굳히며 말했다.

"다 이곳에 있느냐?"

"당연하지요. 저 위험한 놈들을 흩어놓을 수는 없는 노릇이 아니겠습니까?"

"모두 불러라."

암천은 다시 한 번 휘파람을 불었다.

오십여 명으로 꽉 차 보였던 천주각에 다시 한 번 흑의인들이 나타났다. 그 수가 백을 넘겼고, 이내 천주각은 검은 물결이 몰아치는 것처럼 흑의인들로 가득 찼다.

태상의 표정은 시시각각 변했고, 끝내 창백하기 질려버렸다. 암천은 태상의 표정변화를 즐기며 한 마디를 내뱉었다.

"암영대. 총 삼백여 명, 모두 집합했습니다."

*   *   *

연왕부 역시 패천성과 크게 다르지 않았다.

화려함보다는 실용적인 면이 강했다. 다만 패천성의 건물보다 오랜 역사를 품고 있을 뿐이었다.

적운비와 일행은 연왕부가 보이는 다루의 이 층에 자리

를 잡고 승지를 기다렸다. 매계사협의 둘째인 승지는 패천성에서 파견 나와 있는 무인들과 접촉하기 위해 먼저 출발한 상태였다.

"후우……."

제갈수련은 연왕부를 앞에 두고 숨을 몰아쉬었다. 제아무리 그녀라고 해도 천하영웅으로 손꼽히는 북왕에 대한 기대감을 숨길 수는 없었나 보다.

반면 적운비는 복잡한 시선으로 연왕부를 응시했다. 그러나 이내 시선을 돌리며 찻잔만 만지작거릴 뿐이었다.

'심란하군.'

백이강은 짬을 내 운기조식을 했고, 혈인은 난생처음 와보는 연왕부가 신기한지 창밖에서 시선을 떼지 않았다. 그리고 진예화는 오늘도 남몰래 적운비를 시야에 담고 있었다.

'무슨 일이 있는 거니?'

패천성에 있을 때까지만 해도 멀쩡했던 녀석이다.

한데 연왕부로 이동하면서 내내 표정이 좋지 않다.

신경이 쓰이지 않는다면 거짓말이리라.

설령 백이강과의 비무에서 연패를 하고 있는 와중임에도 눈을 뗄 수가 없었다.

각자 자신의 시간을 가지는 사이 승지가 돌아왔나 보다.

다루의 일 층이 소란스럽더니 십여 명의 무인들이 빠르게 올라왔다.

움직임이 용이한 경장을 입었고, 소매에는 세 줄의 검은 띠를 덧댔다.

연왕부에 파견 나온 패천성도들이다.

"이동하시지요."

승지의 말에 일행이 몸을 일으켰다.

한데 무인들을 인솔하던 중년인이 시큰둥한 표정으로 한 마디를 던졌다.

"이게 다요?"

제갈수련의 눈매가 슬며시 꿈틀거린다.

천룡맹과 패천성은 같은 정파였지만, 수십 년간 남처럼 살아왔다. 지리와 성향이 달랐고, 지향하는 바 역시 달랐기 때문이다. 그렇기에 천룡맹과 패천성의 연수는 수많은 사람들이 노력하여 이뤄 낸 쾌거였다.

그러나 패천성에는 여전히 천룡맹을 탐탁지 않게 여기는 이들도 존재했다.

그들에게 있어서 천룡맹은 자신들의 희생을 담보로 안전하게 배를 불리는 위군자로 보였기 때문이다.

그렇기에 호의적인 언행은 바라지도 않았다.

'한데 초면에 대놓고 시비를?'

연왕부에 파견 나와 있으니 패천성의 분위기를 모를 수 있다고 치자. 그래도 중년 무인의 언행은 너무도 무례했다.

제갈수련이 항의하려는 순간이다.

조용히 자리를 지키던 적운비가 중년 무인 앞에 섰다.

"갑시다."

중년인은 미간을 찡그리며 적운비를 노려봤다.

일견하기에도 자신보다 어린 적운비의 말투에 기분이 상한 것이다. 패천성에서 연왕부에 지원해 준 무인의 숫자는 백여 명에 이른다. 중년인은 그 중에서도 다섯 손가락 안에 꼽힐 정도였다.

그는 내력을 슬쩍 일으키며 말했다.

"천룡맹에서 왔는가? 거기는 예법도 가르치지 않는가 보지? 어린 친구의 혀가 너무 짧지 않은가."

진예화와 백이강의 표정이 변할 정도로 태가 나는 위협이었다. 두 사람이 검배에 손을 올리려는 순간 적운비의 담담한 한 마디가 흘러나왔다.

"상관청. 감숙성 출신으로 어릴 때에는 도굴을 했군. 괜찮은 비급이라도 주운 건가? 하기는 그게 아니라면 이 자리에 있지도 못하겠지. 신분을 바꾸고 패천성에 투신했으면 낄 곳, 안 낄 곳 정도는 구분할 줄 알아야지."

상관청은 눈을 부릅뜬 채 입매를 떨었다.

그의 과거를 아는 이가 전무했다. 그저 은거기인의 제자로 강호에 나섰다고 알렸을 뿐이었다.

"너, 너 누구냐? 누구야!"

상관청은 검을 뽑으려 했다. 하나 어느 순간 지척에 이른 적운비는 손가락으로 가볍게 검배를 눌렀다.

그것만으로도 옴짝달싹할 수 없었다.

상관청의 얼굴은 한순간에 새빨갛게 달아올랐다.

"크흑!"

적운비는 코가 닿을 듯한 거리에서 씹어뱉듯이 읊조렸다.

"나는 천룡맹을 대표하여 왔다. 그리고 당신은 연왕부의 관리가 아니라 패천성에서 파견한 무인이지. 당신은 패천성을 대표하는가? 그게 아니라면 연왕부를 대표하는가?"

상관청은 지척에서 적운비의 눈빛을 마주하고 이를 갈았다.

깊고, 어두웠으며 쉴 새 없이 요동친다.

지금껏 저처럼 묘한 눈빛은 마주한 적이 없었다.

'아니, 그분의 눈빛이 저러할까?'

적운비의 한 마디가 상관청의 상념을 깼다.

"아니라면 길이나 안내해. 지금은 당신 투정을 받아줄 기분이 아니거든."

그 말을 끝으로 상관처의 전신을 옥죄던 낯선 기운이 사라졌다.

적운비는 상관청을 따라 걸었다.

연왕부가 점점 가까워진다.

[어째서입니까?]

전음에 답한 사람은 노대였다.

[싸우려면 상대를 알아야 하지 않겠느냐.]

적운비의 눈매가 꿈틀거렸다.

[주먹이 아닌 입으로 누르라고 하신 건 아니고요?]

노대는 적운비의 감정 섞인 전음에도 대수롭지 않게 응대했다.

[입에 넣을 수는 있어도 씹게는 못 하지. 그게 평소에 알아서 잘 먹던 놈이라면 더더욱 말이야.]

적운비는 입을 삐쭉거렸다.

노대의 말이 옳다.

평소의 자신이었다면 결코 상관청의 수준 낮은 도발에 응하지 않았을 것이다. 연왕부를 마주한 후 평정심이 흔들렸다는 것을 인정해야 했다.

[죄송해요.]

잠시 후 평소와 다름없는 노대의 전음이 들려왔다.

[흔들리지 마라. 네 뒤에는 나와 금백귀가 있다.]

적운비를 비롯한 일행은 연왕부에 들어서고 다시 한 번 놀람을 감추지 못했다.

연왕부는 외부에서 보았을 때 화려하지는 않아도 고풍스러웠다. 한데 내부는 그야말로 저잣거리 시전이라도 열린 것처럼 난잡하고 소란스럽기 그지없었다.

닭과 오리가 떼를 지어 몰려다녔고, 왕부 내에는 청석이 깔린 길보다 진흙탕이 더 많았다.

"쯧쯧, 해남도는 천국이군."

혈인은 신발에 묻은 진흙을 털며 투덜거렸다.

제갈수련은 연신 사방을 살피며 고개를 갸웃거리거나 침음을 내뱉었다.

"뭔가 이상하지 않아?"

적운비는 제갈수련의 물음에 어깨를 으쓱거렸다.

"글쎄다."

제갈수련은 못마땅한 기색을 드러냈다.

사안이 사안이니 만큼 적운비의 식견을 어느 정도 의지했기 때문이다.

"무슨 일 있어? 갑자기 왜 바람 빠진 사람처럼 축 늘어진 거야? 이번 일은 단순하게 황궁과의 권력 싸움으로 끝나는 일이 아니야. 천괴까지 신경을 써야 해. 그러니까 정신 바짝 차려줬으면 좋겠어."

"그래."

적운비는 시큰둥한 대답을 던진 후 바쁘게 걸음을 놀렸다. 제갈수련은 적운비의 등을 보며 한숨을 내쉬었다. 진예화가 제갈수련을 지나치며 눈인사를 했다. 그 모습에 제갈수련은 쓴웃음을 흘렸다.

'이제는 서로 위로까지 해 주는 처지가 된 건가?'

하긴 자신이 눈치챘는데 그녀라고 눈치채지 말란 법은 없지 않은가.

제갈수련은 고개를 내저으며 걸음을 옮겼다.

지금 이 순간만은 황궁이나 천괴보다 다른 쪽에 신경 쓰고 있다는 점을 부인할 수 없었다.

'하아, 내 팔자야.'

* * *

태상은 처소의 불을 끈 채 달빛에 의지하여 생각에 잠겨 있었다.

"출발했느냐?"

우두커니 서 있던 염라가 조심스럽게 대꾸했다.

"이각 후면 연왕부에 도착할 것입니다."

"이제는 기다리는 일만 남았군."

"연왕부는 시가와 가깝고, 사람도 많습니다. 한데 저들만으로 성공할 수 있겠습니까?"

태상은 입꼬리를 올렸다.

"여기는 무림도독부다. 그 말은 곧 무인뿐 아니라 관부도 움직일 수 있다는 뜻이지."

염라는 눈을 휘둥그레 떴다. 항상 옆을 지키는 자신조차 관부를 움직였다는 뜻이 아니겠는가. 한데 잠시 후 떠오르는 것이 있었다.

"설마 북평의 도지휘사사를?"

"출신이 강호인이더군. 향후 연왕부를 없앤 후 도독부의 고위직을 주기로 했다."

"한데 북평의 병력을 연왕부를 도모할 수 있겠습니까? 국경의 경비대를 제외하면 부릴 수 있는 관군도 몇 되지 않습니다. 현청의 관군을 모아도 채 백 명도 되지 않을 겁니다."

태상은 입꼬리를 올렸다.

"싸울 필요는 없지. 그저 시비를 걸어주기만 하면 돼. 백여 명이면 시선을 끌기에는 충분한 숫자지."

그제야 염라도 고개를 끄덕이며 수긍했다.

"성동격서로군요."

태상은 천천히 몸을 일으켜 연왕부가 있을 방향을 응시했다.

'네 뜻대로 되지는 않을 것이야.'

명수라는 북왕의 가족만 없애려고 했다. 하지만 태상은 그 정도에서 멈출 생각이 전무했다. 어차피 북왕이 군세를 일으키면 가장 먼저 맞서야 할 사람은 자신이 아닌가.

그렇기에 그가 암영대에 내린 명령은 명수라의 목표보다 훨씬 광범위했다.

북왕을 제외하고 모두 죽여라.

연왕부와 암영대가 동귀어진한다면 그 또한 기분 좋은 일이리라.

* * *

연왕부는 천룡맹과 패천성의 무인들을 위해 연회를 열었다. 비록 악사와 무희는 없었지만, 많은 술과 정갈한 음식으로 그들의 정성을 느낄 수 있었다.

"일단 분위기는 나쁘지 않네요."

백이강의 말에 제갈수련은 고개를 끄덕였다.

"모두 웃고 있지만, 자세를 풀지 않았어. 언제든지 국경으로 달려 나갈 기세예요."

혈인은 눈치를 보다가 앞에 놓인 음식을 가리켰다.

"그럼 저 사람들에게 맡기고 우리는 먹자. 다 먹고 살려고 하는 일이잖아."

하지만 혈인이 한 술 뜨기도 전에 승지가 급히 다가왔다.

"북왕께서 나오십니다."

제갈수련을 비롯한 일행의 몸이 뻣뻣하게 굳었다.

'온다! 황제를 능가하는 위엄을 지닌 자!'

잠시 후 화복을 입은 중년인이 들어섰다.

부리부리한 눈매를 제외하면 별다를 것이 없는 사내다. 하나 그가 들어섬과 동시에 패천성과 연왕부의 무인들은 몸을 일으켰다.

숨소리조차 잦아들 정도의 고요.

북왕에 대한 신망이 어느 정도인지 짐작할 수 있는 광경이었다.

"먼 길 오신 분들이 있다고 들었소. 사내는 멀리서 온 손님을 마다하지 않으니 마음 편히 드시오."

무인들의 열광적인 눈빛과 환호성 사이로 서늘한 눈빛 하나가 스쳐 간다.

제갈수련은 북왕을 응시하다가 자신도 모르게 혈인과 진 예화의 대화에 귀를 기울였다.

"저분이구나. 흐음, 그런데 왠지 낯이 익은 걸? 진 여협, 어디서 뵌 것 같지 않아요?"

"글쎄요."

제갈수련은 잠시 고개를 갸웃거리다가 눈을 부릅떴다. 그리고는 황급히 적운비를 찾았다. 하지만 적운비의 모습은 어디에서도 보이지 않았다.

'설마……'

*　　　*　　　*

연왕부의 후미진 곳.

도연은 작은 술상을 차려놓고 누군가를 기다리고 있었다. 그리고 잠시 후 그가 기다리던 사람이 도착했다.

"흐음."

도연은 자신을 물끄러미 쳐다보는 청년을 보며 눈을 가늘게 떴다.

"못 알아보겠구려. 달 아래로 나와 주시겠소?"

잠시 후 달빛 아래로 모습을 드러낸 사람은 다름 아닌 적운비였다.

"……."

"눈을 보니 알겠구려."

적운비는 무심한 눈빛으로 도연을 바라볼 뿐이다.

도연은 나직이 한숨을 내쉰 후 소매를 걷었다. 그리고 앙상한 손을 펼쳐 반장을 했다.

"그간 강녕하셨습니까? 소주."

第九章
혈향난무(血香亂舞)

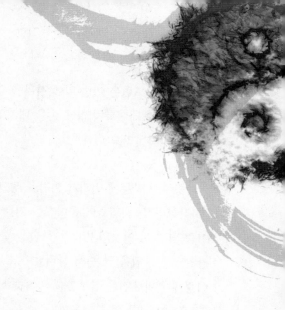

천괴는 먼 산을 응시하며 키득거렸다.

"시작했으려나?"

만안당주는 혼잣말인 것을 알기에 입을 닫았다. 아니나 다를까 천괴는 히죽거리며 몇 마디를 흘리더니 만안당주를 향해 손짓했다.

"준비 끝났지?"

"사도련은 모든 준비가 끝났습니다. 다만 혈마교 쪽은 비공기를 드러내면 혈맥의 장로들이 이탈할 수도 있기에 힘을 숨기고 있는 형편입니다. 그러다 보니 단시일 내에 마맥을 처리하기가 곤란한 듯하더군요."

혈마교와 사도련은 이번 일에 사활을 걸었다.

하나 천괴는 대수롭지 않게 손을 내저었다.

"좋아, 시작하라고 전해."

"네?"

만안당주의 반문에 천괴가 미간을 찡그렸다.

"시작하라고. 너희들이 좋아하는 거!"

이쯤 되면 더 이상의 반문은 목숨을 걸어야 했다.

만안당주는 입을 닫은 채 물러났다.

이렇게 정마대전은 심부름을 시키듯 시작됐다.

"크흠, 어디 한 번 즐겨볼까?"

천괴는 미소를 지우지 않았다.

연왕부와 황궁이 싸우고, 사태천이 얽혀들면 천하는 하루아침에 피바다가 되리라.

"클클, 네깟 놈이 호언장담할 만큼 이 세상은 단순하지 않단다."

쉬이이이이잉—

천괴는 금선강기가 전신을 휘감는 순간 이미 금빛 꼬리를 남긴 채 밤하늘 저 끝으로 사라지고 있었다.

*　　　*　　　*

적운비는 무심한 표정으로 물었다.

"날 먼저 찾을 줄은 몰랐습니다. 왜 부른 겁니까?"

도연은 대답 대신 밤하늘을 응시하며 딴청을 피웠다.

"오늘 같은 날, 유성이라니 좋지 않군요."

적운비의 눈매가 살짝 일그러졌다.

"당신은 여전하군요."

"천문과 상은 인간사에서 떼려야 뗄 수 없는 관계지요. 예전의 일을 기억하십니까?"

"잊을 수가 없지요."

도연은 적운비의 심중을 살피듯 은근한 어조로 물었다.

"저를 원망하십니까?"

"천문이나 관상에 그런 것은 나오지 않는가보지요?"

"사람 마음을 알기란 참으로 힘든 일이니까요."

적운비는 코웃음을 쳤다.

"누가 지었는지 모르겠지만, 간승이라는 말이 딱이군요."

도연은 적운비의 비아냥거림에 오히려 웃음을 지었다. 심중을 알 수 없으니 감정의 변화만으로도 만족스러운 것이다.

"괴공이라 불리신다면서요."

"그렇게 부르더군요."

도연은 밤하늘을 보며 침음을 흘렸다.

"며칠 전부터 자미성이 빛을 뽐내더이다. 지상에 큰 변화가 있을 것이니 조심하라고 경고하는 게지요. 제왕의 운명이 무르익어 공이 되었으니 이제는 어떻게 될까요?"

적운비는 뒷짐을 진 채 딴청을 피웠다.

"그딴 게 정해져 있으면 괴공이라 하겠습니까."

"북두의 일곱별이 내려오고, 자미성이 빛나니 괴공(怪公)으로 남든……."

도연이 의미심장한 눈빛을 흘렸다.

"괴공(傀公)이 되든 하지 않겠습니까?"

적운비는 대꾸하지 않았다.

사실 괴공이라는 별호에는 조롱의 뜻도 담겨 있었다. 본래 공(公)은 관작 뒤에 붙여 경의를 표할 때 사용하지 않던가. 그러니 아직 젊은 적운비에게는 어울리지 않는 별호였다.

한데 도연의 어투에서 조롱의 기운을 찾기란 요원했다. 오히려 공의 칭호를 받아들이라고 조언하는 격이 아닌가.

"간승이 신경 쓸 일은 아닌 듯싶군요."

적운비의 적대적인 말투에 도연은 넙죽 허리를 숙였다.

"부디 순리대로 풀어나가시기를……."

더 이상의 대화는 무의미하다.

검이 아무리 날카로워도 주인이 찌르지 않으면 무소용이 아니던가.

적운비가 말없이 돌아설 때 도연이 나지막이 한 마디를 던졌다.

"혜강원을 기억하시는지요?"

거침없던 발걸음이 주춤거렸다.

"혜비께서는 그곳에 계십니다."

적운비는 주먹을 불끈 쥐며 아랫입술을 깨물었다.

지금껏 존댓말을 사용한 이유는 평정심을 유지하기 위해서였다. 한데 간승의 목적이 자신을 능욕하는 것이라면 대성공일 터였다.

"감히! 네가 그분을 입에 담아?"

솨아아아아아아아아아—

적운비의 몸에서 거친 기운이 폭풍처럼 일어났다.

도연은 적운비의 무복이 터질 것처럼 부풀어 오르는 것을 보고 침음을 내뱉었다. 후원의 수목이 흔들렸고, 연못은 태풍을 만난 것처럼 출렁거린다.

한데 도연에게는 어떤 기운도 미치지 않았다.

오히려 후원의 곳곳에서 신음이 흘러나왔다.

"끄윽!"

나무에서 떨어지는 자, 연못에서 머리를 내미는 자가 무려 스무 명이다.

"네놈들은 수십 년이 지나도 그대로구나!"

도연은 적운비의 무위에 눈을 부릅떴다.

북왕의 군사로서 연왕부와 패천성의 많은 고수를 봐 왔다. 그 중에는 명문을 내세우는 자도 있었고, 진정 고수라 불리는 자들도 즐비했다. 하지만 그 누구에게도 이처럼 압도적인 존재감을 느껴본 적이 전무했다.

도연은 황급히 손사래를 치며 외쳤다.

"손속의 자비를……."

그 순간 폭풍 같은 기운이 잦아들었다.

하나 적운비는 도연의 부탁처럼 자비를 베푼 것이 아니었다.

'비공기?'

사방에서 느껴지는 천괴의 기운.

그 파편들이 연왕부를 향해 몰려오고 있었다.

적운비의 전신에 소름이 돋았다.

명수라의 목적을 알았지만, 이처럼 대놓고 일을 벌일 줄은 예상치 못한 것이다.

"적이다! 사방에서 몰려온다."

도연은 적운비의 외침에 표정을 굳혔다. 방금 전의 광경을 보고 적운비의 말을 의심하기란 어려운 일이 아닌가. 그는 황급히 비틀거리는 수하들을 향해 명령했다.

"경음을!"

수하들이 일제히 호각을 불었다.

한순간 귀청이 떨어져 나갈 듯한 파열음이 후원을 스치고 지나갔다. 하지만 단 한 명의 무인들도 모습을 드러내지 않았다.

"무, 무슨 일이?"

잠시 후 후원의 문을 통해 연왕부의 무인이 나타났다.

"큰일 났습니다! 적이……."

"사방문을 닫고 왕야께 지급으로 전하거라!"

도연의 외침에 무인은 눈을 끔뻑였다.

"네? 어째서 사방문을 닫으시라는 건지요."

"적이 몰려온다고 하지 않았더냐?"

무인은 고개를 내저었다.

"아닙니다. 북평의 도지휘사가 갑자기 연왕부 내에 숨어든 반도를 잡겠다고 찾아왔습니다. 백여 명 정도의 관군을 데리고 왔기에 수문장이 대치하고 있는 중입니다. 하여 어찌해야 하는지 여쭤보려고 한참을 찾던 중이었습니다."

도연은 무인의 말에 미간을 찡그리다가 적운비를 쳐다봤다. 하지만 적운비의 표정을 마주한 순간 망설임 없이 외쳤다.

"성동격서다! 정문에 모인 병력을 제자리로 돌리고, 왕야의 신병을 확보해라!"

무인이 헐레벌떡 뛰쳐나갔다.

도연은 수하들을 향해 황급히 명령했다.

"포천계를 당장 중단하고, 연왕부로 전력을 집중시킨다!"

적운비는 도연의 수하들이 메뚜기 떼처럼 흩어지는 것을 보고 물었다.

"하늘을 속이는 계책이라?"

도연은 입꼬리를 올리며 말했다.

"교토삼굴이라는데, 하물며 사람이 구멍 몇 개 준비하지 않겠습니까? 어디에서 온 놈들인지 대략 짐작은 가지만, 절대 연왕부의 담을 넘을 수 없을 겁니다."

적운비는 혀를 차며 고개를 내저었다.

"당신으로서는 막을 수 없어."

"무슨 뜻인지요?"

도연은 의아한 표정으로 물었다.

하나 적운비의 답은 짧았다.

"연왕부를 포기하고, 연회장만 지키세요. 그것도 가능할는지는 모르겠지만 말입니다."

　　　　　*　　　*　　　*

　적운비는 도연과 헤어진 후 연왕부의 중심으로 향했다.
도지휘사사의 난입 때문인지 곳곳에 경계는 허술하기 짝이
없었다.

　'저기가 좋겠군.'

　연왕부 중심에 세워진 망루.

　"누구냐?"

　첨탑에 다가서면서 걸음을 늦춰서일까.

　경계를 서던 무인이 검을 뽑아 들었다.

　퍽!

　적운비는 무인의 뒷덜미를 후려친 후 망루를 향해 뛰어
올랐다. 예전의 그였다면 다짜고짜 무력을 사용하지는 않
았을 것이다. 이게 모두 연왕부에 와서 평정심이 흐트러진
탓이다.

　적운비는 망루에 오른 후 미간을 찡그렸다.

　맑은 밤하늘 저편에서 먹구름이 파도처럼 다가오고 있었
다.

　어둠은 적아의 구분을 무의미하게 만든다.

　하나 적운비처럼 경지에 이르거나, 비공기를 익힌 자들
에게는 시야란 크게 중요하지 않았다.

'비는 안 왔으면 좋겠는데…….'

그 순간 다시 한 번 비공기가 몰아쳤다.

개개인이 모여서 만들어 낸 비공기의 흐름은 흑백쌍천을 마주할 때와 다르지 않았다. 수백 개의 기운을 마주하는 것만으로도 전신에 소름이 돋을 정도였다.

하지만 적운비는 혜검의 기운을 일으키지 않았다.

그저 주변의 기운을 조금씩 자신에게 향하도록 방향을 바꿀 뿐이다.

적운비의 눈매가 꿈틀거렸다.

암객의 기척을 넘어 희미한 발소리가 들려왔다.

이제 연왕부의 담장까지는 스무 걸음이다.

하지만 연왕부의 무인들은 우왕좌왕하며 뒤늦게 경계망을 펼치고 있었다.

오히려 잘된 일이다.

흑과 백이 섞이기 전에 걸러낸다.

적운비는 깊게 숨을 들이마셨다.

그리고 발을 내밀어 전방을 쓿었다.

두 발이 원을 그렸고, 그 회전은 골반과 허리를 지나 전신에 이르렀다.

자연스럽게 양팔이 흐름을 타는 순간 한껏 모아두었던 대자연의 기운도 함께 움직였다.

그그그그극—

제아무리 자연의 기운이라고 해도 과도하게 모이면 태풍이 되고, 벼락이 되는 법이다.

적운비가 끌어모은 기운을 망루가 버텨내기란 요원했다. 망루가 허물어지기 전에 자연지기가 완벽하게 건곤와규령의 형태를 취했다.

콰콰쾅!

망루가 무너지는 가운데 건곤와규령의 기운이 팔방으로 흩어졌다.

콰콰콰콰콰쾅!

천마가 하늘을 내달리는 듯한 굉음

뇌신회룡포를 수십 갈래로 쏘아낸 것이다.

적운비는 뇌신회룡포가 암객과 충돌하기도 전에 몸을 날렸다.

목표는 연회장.

그곳에는 북왕을 비롯해 패천성과 연왕부의 고수들이 모여 있었다. 그들에게 암객의 상대법을 알려줘야 했다.

적운비가 사라진 후 연왕부의 담장 너머에서 비명과 피보라가 솟구쳤다.

*   *   *

명수라가 보낸 암영대는 암객이지만, 암객의 수준을 넘어선지 오래였다. 그도 그럴 것이 명수라가 암객들을 황궁 무고에서 폐관 수련을 시켰기 때문이다.

이미 황제는 물론이고, 권신 중에 최고라는 황자징까지 노예처럼 부리는 명수라가 아닌가.

그렇기에 암영대의 암객은 단순하게 비공기의 힘으로 달리는 것이 아니라 보법까지 사용하며 쇄도했다.

암영대의 삼백 암객 중 백여 명을 통솔하는 암지(暗地)가 입을 열었다.

"일조는 연왕의 가족을 죽인다."

백여 명의 암객 중 삼십여 명의 눈동자가 붉은 기운을 번뜩이며 대답을 대신했다.

"이조는 연왕의 수족 중 이름난 자를 처리한다."

이번에도 살기 가득한 눈빛만 번뜩일 뿐이다.

"본조와 삼조는 방해물을 처리한다."

이것은 정문을 제외한 삼 방향에서 공통적으로 벌어지는 일이었다.

가면을 쓴 것처럼 딱딱한 표정으로 내달리던 암지의 눈빛이 번뜩였다.

연왕부 안에서 쇄도하는 낯선 기운이 느껴진다.

하나 그것을 인지한 순간 연왕부의 담장이 굉천뢰를 맞은 것처럼 산산조각이 났다.

콰쾅!

하나 낯선 기운은 더욱 강하게 꽂혀 들었다.

수하들에게 경고를 날릴 시간조차 주어지지 않았다.

그조차 비켜서며 소리치는 것이 전부였다.

"피해!"

쩡—

피떡이 되어 날아가도 이상할 것이 없는 기운이었다. 하나 뇌신회룡포에 적중당한 암객들은 춘풍에 휘감긴 듯한 나른함을 느껴야 했다. 그러나 전신을 휘감은 자연지기가 팔만사천 모공을 통해 스며드는 순간 지옥에 떨어진 듯한 고통에 휩싸였다.

"카아아아아!"

열 명 남짓한 암객들이 비명을 내지르며 발광을 했다. 그리고 비명이 잦아들었을 때 그들 중 숨을 쉬는 자는 전무했다.

암지는 표정을 굳힌 채 연왕부와 수하들을 번갈아봤다.

'이게 뭐란 말인가?'

비공기에 황궁무공까지 익히지 않았는가.

실제로 암객은 황궁무인 서너 명을 웃으면서 전멸시켰을

정도로 강했다.

한데 그렇게 키워낸 암객들이 아무것도 못 하고 날파리처럼 죽어나갔다.

암지는 비공기를 더욱 거세게 흩뿌리며 살기를 북돋았다.

'고작 열 명이다. 이 정도의 공격이 여러 번일 리가 없지 않은가!'

하나 다른 방향에서 공격했던 암객들의 피해상황을 알았다면 이런 방법으로 사기를 끌어올리지는 않았으리라.

"수라대계의 시작을 우리가 연다. 혈기가 천하를 뒤덮을 때까지 멈추지 않는다."

암지의 말이 떨어지기 무섭게 암객들의 눈동자가 붉게 물들었다.

"작전 재개."

하나 적운비가 뇌신회룡포로 만들어 낸 결과는 단지 암객의 수를 줄이는 것이 아니었다. 연왕부의 무인들이 대비할 수 있는 시간까지 벌어준 것이다.

연왕부의 담벼락 위로 수십 명이 나타났다.

그들은 활을 쥐고 있었고, 이미 활시위가 팽팽할 정도로 당긴 상태였다.

슉슉슉슉슉!

수십 발의 화살이 하늘로 솟구쳤다가 벼락처럼 내리꽂힌다. 한데 화살이 대지를 꿰뚫는 순간 이미 허공에는 다시한 번 화살비가 내리고 있었다.

"버러지 같은 것들이!"

암지는 이를 갈며 분기를 억눌렀다.

상대는 강호인이 아니라 군부의 무인들이다.

아니나 다를까 화살비가 연방 쏟아지는 가운데 담장 안쪽에서 내력이 담긴 일갈이 터져 나왔다.

"군진!"

암지는 무너진 담장을 통해 쏟아져 나오는 관군을 보며미간을 찡그렸다.

강호인은 대부분 개인병장기를 사용한다.

한데 저들은 검 외에도 장창과 방패까지 쥐고 있는 것이아닌가. 제각기 조를 나눠 길목을 막아섰다.

패천성과 천룡맹의 고수들과 자웅을 겨룰 것이라 여긴암지로서는 예상하지 못했던 상황이다.

"모두 죽여라!"

검수 둘이 전방을 맡고, 방패병은 좌우를 맡는다. 중앙에위치한 창수는 검수와 방패병 사이로 쉴 새 없이 창을 찔러넣었다. 방패병은 방패 뒤에 장착된 다섯 자루의 비도를 날린다.

오본진(五本陣)이라 불리는 대형은 장성과 맞닿은 연왕부로서는 선택이 아닌 필수였다. 적병은 계절마다 쉴 새 없이 쳐들어온다.

대승을 거두고, 적을 척살한다고 해서 끝나는 전쟁이 아니었다.

시간이 흐를수록 정예병의 숫자는 점점 줄어든다.

그렇기에 관병은 대승보다 병력의 유지를 목표로 노선을 바꿔야 했다.

그 결과가 바로 오본진이다.

하지만 상대는 장성 너머의 이민족이 아니었다.

쾅!

암객의 일수에 방패가 쪼개졌다.

"헉!"

관병은 경악하며 재빨리 비도를 던지려 했다.

하나 암객은 이미 그들을 지나쳐 다른 오본진을 노렸고, 뒤이은 암객의 검이 번뜩이는 순간 오본진을 구성하는 다섯 관병의 목이 허공으로 솟구쳤다.

"퇴각!"

지휘관의 명령 하에 관병들이 일사불란하게 물러났다. 암지는 수하들과 함께 관병을 쫓으려다 주춤했다. 지휘관의 눈빛이나 관병의 움직임을 보면 갑작스러운 퇴각이 아니었다. 저들의 눈빛에서 두려움이나 망설임을 찾기란 요원했다.

암지가 주춤거리는 사이 수하들이 담장을 넘어 공격을 이어갔다.

그 순간 천지가 요동을 치며 굉음을 쏟아 냈다.

콰콰콰콰쾅!

그렇다.

이곳은 북부 군세의 집결지라 불리는 연왕부였다.

"굉천뢰다!"

하나 한 번 폭발한 굉천뢰는 담장을 따라 연쇄적으로 폭발했다. 몇 번의 굉음이 이어진 후에야 연왕부의 내부가 모습을 드러냈다.

담장은 모두 무너졌지만, 관병의 흔적은 찾을 길이 없었다. 암지의 예상처럼 관병은 굉천뢰로 암객을 유인한 후 퇴각한 것이다.

"시간을 너무 지체했다. 작전대로 흩어져서 임무 수행 후 집결한다."

암지의 말을 끝으로 암객들이 흩어졌다.

*   *   *

연회는 파장된 지 오래였다.

적운비가 도착했을 때 무인들은 불만 가득한 표정으로 웅성거리고 있었다. 아마 당장이라도 뛰쳐나가고 싶어서 근질근질하리라. 하나 도연을 먼저 보낸 탓에 무인들은 불만이 있을지언정 자리를 지키고 있었다.

적운비는 연회장의 중심으로 몸을 날렸다.

"누구?"

"어째서 저런 아이가 나서는 것인가?"

무인들의 웅성거림은 한순간에 사라졌다.

적운비가 내력을 일으키는 순간 미풍이 연회장의 내부를 휩쓸었기 때문이다.

강한 자는 강함에 호기심을 보였고, 약한 자는 미증유의 거력에 경악해야 했다.

"지금 연왕부를 침입한 적은 암객이라는 자들로 천괴의 비공기를 익혔습니다. 당금 강호는 연왕부와 황궁의 대립 외에도……."

생각지도 못했던 정보가 쏟아져 나왔다.

무인들은 놀람을 드러낼 뿐 침묵을 지켰다.

연왕부에서 도연은 북왕의 대리인이라고 봐도 무방했다. 그리고 도연은 오랜 세월 자신의 능력을 증명하지 않았던 가. 그렇기에 도연이 적운비에게 자리를 비켜준 이상 이의를 제기할 사람은 없었다.

"이러한 비공기의 위력은 상상을 초월합니다. 간단하게 예를 들어 부작용이 없는 영약을 삼시 세끼 먹던 놈들이 몰려온다고 보시면 됩니다. 비공기의 공능 중 가장 경계해야 할 것은 기감으로 느낄 수 없다는 점입니다."

"기척이 없다는 것인가?"

"그렇습니다. 내력을 수발할 때 감각에서 벗어나니 적의 공격은 급작스러울 수밖에 없습니다. 물론 여러 번 상대하다 보면 자연스럽게 느껴지겠지만, 이 중 몇 분이나 그러한 기회를 잡을 수 있을는지는 장담할 수 없습니다."

무인들은 적운비의 말에 제각기 불만스러운 표정을 드러냈다. 그러나 천룡맹의 무인들이 그랬던 것처럼 반발하거나, 자리를 뛰쳐나가지는 않았다.

"시간이 없습니다."

적은 이미 연왕부의 무인들과 싸움을 시작했고, 곧 외원이 뚫릴 것이다.

적운비는 양의심법을 일으킨 후 왼손에만 내력을 집중시켰다. 정순한 기운이 응축될수록 혜검의 공능인 연풍여원기가 증폭된다.

무인들은 단전으로부터 차오르는 활력에 탄성을 흘렸다.

"한 번입니다."

적운비의 왼손에 머물던 자연지기가 요동을 쳤다.

태극으로 완성된 조화가 조금씩 붕괴되며 음습한 기운으로 변질되기 시작했다.

'큭!'

적운비는 침음을 흘렸다.

자연지기를 역으로 돌리는 순간 신체의 조화로움이 무너진 것이다. 바늘로 단전을 찌르는 듯한 고통 속에서도 부조화를 더욱 극대화시켰다.

쩡—

그 순간 허공에 뻥 뚫린 듯한 이질적인 감각이 무인들의 기감을 스치고 지나갔다.

"후우……."

적운비는 아랫입술을 파르르 떨면서도 무인들의 표정을 살폈다. 몇몇 무인은 이질감을 눈치채고 눈을 부릅뜨거나, 상념에 잠겼다. 하나 대부분의 무인들은 변화를 눈치채지 못한 채 여전히 적운비의 왼손만 처다보고 있는 형국이었다.

'불도문파가 적은 탓에 비공기를 상대하는 것이 수월하지 않겠구나.'

그나마 다행이라면 백이강이 온몸을 부르르 떨며 불쾌한 표정을 지었다는 점이리라. 이질감을 강하게 느낀다는 것은 곧 그만큼 정순한 무공을 익혔다는 뜻이었다.

진예화는 아리송한 표정을 지었다.

적운비는 무인들의 표정을 살피다가 헛웃음을 흘렸다.

'저 자식은 이런 때에도!'

혈인은 무인들의 눈치를 보면서 음식을 집어먹고 있었다. 혈마교주의 아들이나 되는 놈이 거지처럼 저러고 있는 꼴을 보니 웃음이 나오지 않을 수가 없었다.

그래도 혈인이라면 안심이다.

혈마교에 숨어든 암객과 혈객을 상대하는 과정에서 자연스럽게 비공기를 감지할 수 있게 되었기 때문이다.

도연은 상념에 빠진 무인들에게 잠깐의 시간을 준 후 앞으로 나섰다.

"패천성의 동도들께서는 약속된 계획을 실행해 주시면 됩니다. 연왕부의 무인들은 지금 이 순간부터 포천계를 머릿속에서 지웁니다."

연왕부의 무인들이 눈을 휘둥그레 떴다.

십수 년간 유지했던 포천계는 그야말로 극비였다.

"하면 왕야께서 결심을 하신 겁니까?"

반정에 관한 물음이다.

도연은 침음을 흘리다가 혀를 찼다.

"결심을 하신 것이 아니라 하시게 될 것이오. 앞서서 목이 잘릴 수는 없는 노릇이 아닌가."

무인들의 사기가 한순간에 상승했다.

적운비로서는 포천계의 정체가 못내 궁금했지만, 상황을 주시했다.

도연은 그런 적운비를 향해 묘한 웃음을 짓더니 말을 이었다.

"연왕부의 관작을 받은 장수는 지휘체계를 일원화하고, 포천계의 중단으로 인한 병력을 수급하십시오."

"존명!"

무인들은 이미 약속된 것이 있는 일사불란하게 사방으로 흩어졌다. 이제 연회장에 남은 것은 적운비와 일행들이 전부였다.

"우리도 가지."

백이강은 자리를 피해 주려 했다.

도연과 적운비의 눈빛을 보아하니 따로 할 말이 있어 보였기 때문이다. 그를 따라 진예화와 혈인이 연회장 밖으로 달려 나갔다.

도연은 적운비를 향해 은근슬쩍 물었다.

"아직도 제 준비가 부족하다고 생각하십니까?"

제갈수련은 도연의 존댓말에 미간을 찡그렸다. 하나 뒤이은 적운비의 반말에는 눈을 휘둥그레 떠야 했다.

"부족하다."

매정할 정도로 단호한 한 마디에도 도연은 웃음을 잃지 않았다.

"하면 당장이라도 왕야께 가 봐야겠군요. 소주도 함께 가시겠습니까?"

적운비는 도연의 한 마디에 얼굴을 구겼다.

갑작스레 자신의 정체를 밝히는 것을 보면 다른 꿍꿍이가 있는 것이 분명했다.

"감히!"

하나 도연은 태연자약하기만 했다.

"이런 상황에서 더 이상 속일 수는 없지 않습니까?"

적운비는 주먹을 불끈 쥐었다가 이내 한숨을 내쉬었다. 암객이 지척에 이르렀는데 도연과 말싸움이나 할 수는 없는 노릇이었다.

"더 이상 나를 자극하지 마시오!"

도연은 공손한 자세로 말을 이었다.

"주군을 지키기 위해서라면 간승보다 더한 소리도 들을 수 있습니다. 그럼 기다리겠습니다."

적운비는 자신이 할 말만 하고 떠나는 도연을 노려봤다. 한데 제갈수련이 황급히 다가와 적운비의 소매를 당기며 속삭였다.

"뭐, 뭐야? 소주라니? 작은 주인이라고 부른 거 맞지? 도대체 너 정체가 뭐야? 북왕과 무슨 관계인 거야?"

이쯤 되면 숨기는 것이 더 이상할 터였다.

적운비는 씹어뱉듯이 한 마디를 읊조렸다.

"북왕은 내 아버지다."

第十章
사면초가(四面楚歌)

　적운비가 주고희라는 이름으로 태어났을 무렵 천하정세
는 그리 평안하지 않았다. 태조는 서서히 황권을 넘기기 위
한 밑 작업을 하는 중이었다. 공신과 상장이 하나둘 씩 형
장의 이슬로 사라졌고, 중원에는 피비린내가 마를 날이 없
었다. 태조의 칼날은 자식이라고 해서 피해갈 수 있을 만큼
녹록한 것이 아니었다. 호시탐탐 기회를 노리고 있으니 번
왕들은 죽은 듯 잔뜩 웅크릴 수밖에 없었다.

　연왕부는 번왕 중에서도 가장 큰 세력을 지녔다.

　장성과 인접한 탓에 영역도 군세도 가장 위협적이었다.
그러니 연왕부가 얼마나 소극적으로 생활했는지는 불을 보듯 뻔했다.

그 즈음 불거진 '제왕의 상' 사건은 적운비의 삶을 뒤바꿔놓았다.

가뜩이나 태조의 후계자는 심약하고, 병환이 깊어 후사를 잇기 위태로운 상태가 아니던가. 북왕의 자식이 제왕의 기운을 타고 태어났다는 소문이 도는 순간 황궁의 칼날은 북으로 향할 것이 분명했다.

북왕은 선택의 기로에 섰다.

그리고 그는 가족, 수하, 영역을 지키기 위한 선택을 했다.

죽음을 가장한 유폐(幽閉).

적운비는 옛일을 떠올리는 순간 이를 갈며 거칠게 숨을 내뱉었다.

"크흑!"

제갈수련은 처음 마주한 적운비의 격한 모습에 어깨를 축 늘어트렸다. 그녀가 할 수 있는 격려는 많지 않았다.

"가자. 아직 천괴는 나타나지도 않았어."

"그래, 네 말이 맞아. 너는 도연을 따라가."

적운비가 달려나가려는 순간 제갈수련이 덮치듯 달려들었다. 그러고는 적운비의 허리를 감싼 채 등에 얼굴을 묻었다.

"조심해."

"……."

"내 마음 알지?"

아주 짧은 순간의 침묵.

제갈수련으로서는 몇 번이나 지옥 불에 드나드는 것처럼 길고 고통스러운 시간이었다.

적운비는 나직이 한 마디를 흘렸다.

"응."

제갈수련은 대답을 듣자마자 적운비의 등을 강하게 후려 쳤다.

"그럼 됐어. 어서 가봐!"

적운비는 뒤도 돌아보지 않고 연회장을 나섰다.

하나 제갈수련은 조금도 아쉬워하지 않았다. 그의 허리를 감쌌을 때 전해진 심장 소리만으로도 충분히 만족스러 웠다.

제갈수련은 누군가를 떠올리며 미안한 마음을 전했다.

'이쪽도 그리 여유로운 상황은 아니에요. 선수 쳤다고 너무 미워하지 말아요.'

*　　　*　　　*

적운비가 연회장을 나서자마자 노대가 따라붙었다.

"상황은 어떻습니까?"

"암객의 숫자가 상당하다. 그리고 예전에 싸웠던 놈들보다 훨씬 강해!"

"그 정도입니까?"

노대는 머뭇거리며 말했다.

"놈들은 황궁무공을 사용한다. 한두 놈이 아니야. 죄다 비공기에 황궁무공까지 익혔다. 금백귀도 잠시 퇴각시켰다. 사상자가 너무 많아."

적운비는 미간을 찡그렸다.

"금백귀는 전투가 아니라 정보수집으로 작전을 변경합니다. 연왕부 인근에 태상이 숨어 있을 겁니다. 도독부가 움직이면 전쟁이 되요. 금백귀가 그 첨병이 되어줘야 합니다."

"알았다."

노대의 곁에 있던 좌귀가 눈인사를 한 후 어둠 속으로 사라졌다.

"삼 방향에서 치고 들어왔다. 숫자는 각기 백여 명 내외. 정문에서 시위하던 도지휘사사는 어느 샌가 사라졌더군. 아마도⋯⋯."

적운비는 눈을 빛내며 읊조렸다.

"태상입니다."

"금백귀의 결론도 마찬가지다."

"그렇다면 태상과 명수라가 손을 잡은 것이 확실시되는 이상 여기서 끝나지 않을 겁니다."

"이미 경공이 가장 **빠른** 놈을 골라 패천성으로 보냈다. 하지만 시간에 맞출 수 있을지는 모르겠구나."

쉬이이익—

한 자루 패도가 어둠을 가르며 쇄도했다.

적운비는 손칼로 패도의 면을 두들겼다.

쩡!

패도는 반으로 쪼개졌고, 공교롭게도 쪼개진 도가 어둠 속으로 꽂혀 들었다.

"컥!"

적운비는 이미 패도를 튕기며 생긴 작은 반발력을 이용해 허공으로 솟구친 상태였다. 제아무리 암객이 비공기를 익혔고, 어둠 속에 있다한들 적운비의 감각을 속이기란 불가능에 가까웠다.

터터터텅!

연이어 튕겨낸 네 줄기의 지풍이 어둠 속으로 꽂혀들었고, 세 번의 비명이 이어졌다.

"한 놈 남았군요."

하나 이미 노대가 장군도를 뽑아 어둠의 장막을 갈라 버린 후였다.

"끄억!"

흑의경장을 입은 암객이 절반으로 쪼개져 좌우로 튕겨 나갔다.

적운비는 미간을 찡그리며 못마땅한 기색을 드러냈다.

"하나 놓칠 뻔했네요."

"내가 강하다고 하지 않았더냐."

적운비는 고개를 내저으며 말했다.

"적의 무위를 보니 쌍선 어른이 아니면 큰 도움이 되지는 않겠네요."

"제 시간에 맞추기 힘들 것이야."

적운비는 주인 잃은 검을 발끝으로 튕겼다.

그리고 허공으로 솟구친 검을 향해 쌍장을 발출했다.

쩡—

파열음과 함께 쪼개진 검의 파편이 어둠 속으로 꽂혀 들었다.

"우리가 해결하면 됩니다!"

"뒤를 받치마."

노대의 믿음직한 외침에 적운비는 고개를 끄덕인 후 쉴 새 없이 쌍장을 흩뿌리기 시작했다.

콰콰콰쾅!

강기가 비처럼 내리꽂히고, 사방팔방에서 돌풍이 일었다. 음의 기운을 극대화하면 사위가 습해지며 미약한 안개가 찰나간 흩뿌려진다. 양의 기운을 극대화하면 강기는 용이 불을 뿜듯 열기를 담았다.

이미 수십여 명의 암객을 쓰러트렸다.

하지만 적운비의 얼굴은 조금씩 굳어가고 있었다.

'나를 피한다?'

암객들은 죽음을 두려워하지 않는다. 그럼에도 불구하고 암객들은 적운비를 피해 우회하고 있었다. 저들의 종착지가 북왕인 것은 불을 보듯 뻔했다.

심지어 피할 수 없으면 제물을 던져 주고 도망친다.

노대도 그것을 느꼈나 보다.

"북왕에게 가야겠다!"

"먼저 가세요."

"어디를 가려는 게냐?"

적운비는 암객들 중에서도 묘한 기파를 뿜어내는 자를 따라 시선을 옮겼다.

"인형들이 의지를 가지고 움직일 리가 없어요. 중심이 되는 놈이 가까이에 있어요. 그놈을 먼저 처리해야 합니다."

노대는 고개를 끄덕인 후 연왕의 처소로 돌아갔다.

적운비는 금백귀마저 모두 돌려보낸 후 근처의 노송 위로 몸을 날렸다.

'확실히 연왕을 중심으로 세 방향에서 접근하는군.'

가까이 있는 암객은 무위를 드러내듯 드문드문 흔적을 남겼다. 확실히 보통 암객과는 상당한 차이가 있었다.

불현듯 명객이 떠올랐다.

'명조라고 했던가? 그놈하고 비슷하군.'

적의 수괴일지도 모르는 기척을 잡아냈지만, 마냥 좋아할 수는 없는 노릇이다. 시간이 흐를수록 적의 숫자가 늘어날 것은 자명했기 때문이다.

"잡았다!"

적운비가 노송 위에서 몸을 날리는 순간의 그의 신형이 엿가락처럼 늘어지며 어둠 속으로 사라졌다.

*　　*　　*

암영대는 암지와 암현, 그리고 암황을 수괴로 구성된다. 각기 백여 명의 수하를 지녔기에 수평적 지위를 지닌 셈이다. 그러다 보니 세 사람이 서로를 견제하는 것은 당연했다.

암현은 본래 연왕의 거처에 도착할 때까지는 나서지 않을 생각이었다. 자신은 꼭두각시 인형인 암객과 다른 존재가 아닌가. 하나 연왕부의 대응이 체계화되면서 생각보다 시간이 지체되기 시작했다. 대국적인 면에서 큰 차이는 없을지도 모른다.

그러나 암현은 자신의 수하들이 오본진 따위에 막히는 모습에 분통을 감추지 못했다.

"저딴 놈들에게는 이합도 아깝다!"

암현은 어둠 속에서 스며든 후 오본진의 중앙으로 솟구쳤다. 동시에 창수의 몸뚱이는 포탄을 맞은 것처럼 폭발했다. 수백 조각의 육편은 방패병과 검수들의 전신에 꽂혀 들었다.

"버러지 같은 것들에게 얼마나 더 시간을 허비할 셈이냐?"

비공기는 강자가 약자의 모든 것을 통제한다.

암현의 분노는 곧 암영대의 살기를 들끓게 만들었다. 그리고 그들은 더더욱 목숨을 도외시한 채 시체의 산을 만들기 위해 비공기를 쏟아 냈다.

콰콰콰콰쾅!

비공기를 아낌없이 퍼부어대니 연왕부의 무인들이 버텨낼 리 만무했다. 그나마 무인들은 시신이라도 남겼으나, 관병들은 피떡이 되어 흙구덩이에 처박히기 일쑤였다.

암현은 만족스러운 미소를 지으며 다시 어둠 속으로 사라지려 했다.

지이이이이잉—

비공기가 상극의 접근을 경고한다.

암현은 난생처음 마주한 혜검에 황급히 몸을 돌렸다. 하나 적운비의 주먹은 어둠을 뚫고 암현의 뒤통수를 향해 꽂혀드는 형국이었다.

"흡!"

적운비의 주먹은 아슬아슬하게 암현의 얼굴 위를 비껴갔다. 암현은 허공에서 철판교를 시전하더니 허공답보를 펼치듯 하체를 튕겼다.

"네놈이로구나!"

천위의 후예를 경계하라던 명수라의 당부가 자연스럽게 떠올랐다. 암현의 두 주먹이 검붉은 기운에 휘감긴 채 소나기처럼 쏟아졌다.

일수에 전력을 퍼부은 것이다.

터터터터터터터텅!

마치 수십 개의 자갈을 연못에 던진 것처럼 적운비가 서 있던 공간은 찢어질 것처럼 요동을 쳤다. 공간을 가득 채운 수십 개의 파장은 조금씩 적운비를 압박했다.

적운비는 건곤와규령으로 암현의 공세를 상쇄시켰다. 그러고는 허리춤에 교룡검을 뽑아 전방으로 휘둘렀다.

좌라라라랑—

암현은 표정을 굳히며 한 발 물러섰다.

연검의 검극이 향하는 방향은 시전자조차 알 수 없다는 농이 있지 않은가.

적운비의 연검이라면 일단 경계하는 것이 마땅했다.

하나 이것은 적운비의 노림수였다.

암현을 제외한 두 명의 암객이 이미 연왕의 거처 근처까지 도달한 것을 감지했기 때문이다.

속전속결(速戰速決)!

적운비는 화산쌍선과 비무하는 과정에서 깨달은 바가 적지 않았다. 아깝지만 그것을 암현에서 시도할 요량이었다.

구접무장선(九劫無障線).

— 검천위의 의지를 혜검에 담아…….

쩡!

교룡검은 한순간 암현의 이목을 가릴 정도의 광휘와 검명을 만들어 냈다.

그러고는 적운비의 손을 떠나 허공을 빠르게 주유했다.

잔영을 남기는 것에 그치지 않고 혜검의 기운을 유지한 채 거미줄을 치듯 하늘에 장막을 드리운 것이다. 구겁무장선이라는 이름처럼 혼백조차 빠져나갈 수 없을 것처럼 촘촘한 강기의 물결이었다.

"크흑!"

암현은 마치 하늘에서 내리꽂힌 듯한 그물을 보고 눈을 부릅떴다. 인간이 만들어낼 수 있는 기사라고는 믿을 수 없었다. 한순간 명수라와 적운비를 비교한 암현의 눈빛이 흔들렸다.

"사라져라!"

적운비의 일갈과 함께 금빛 그물이 암현을 감쌌다.

좌라라라라라라라락!

너무도 순수한 기운이 만들어 낸 광경은 참혹하기 그지없었다. 절대지경에 근접한 암현이 수백 조각의 육편으로 잘려 흩어졌기 때문이다.

적운비는 숨을 몰아쉬다가 잠시 관자놀이를 매만졌다. 태극혜검의 다섯 번째 초식은 극강의 위력만큼 반발력이 심했다. 천학도관에서 검천위의 유산인 무장선을 뇌리에 새길 때처럼 고통스러움이 온몸을 스쳐 간다.

하나 적운비는 휴식을 취하는 대신 재차 몸을 날렸다.

'큭! 너무 많이 남았어.'

＊　　＊　　＊

암천은 구릉 아래로 보이는 연왕부에서 시선을 돌리며 나직이 말했다.

"이런, 암현이 죽었네요."

백천은 암천의 말에 미간을 찡그렸다.

명수라가 암영대를 따라가라고 했을 때만 해도 산책을 하듯 가벼운 마음으로 나섰다. 한데 암천이라는 존재는 시시각각 그를 불편하게 만들었다.

명수라가 가장 먼저 키운 암천은 이미 암객의 수준을 넘어선지 오래였다. 암지와 암현, 그리고 암황이 힘을 합쳐도 암천에게는 미치지 못할 정도였다.

그러나 백천을 짜증 나게 만드는 것은 강약의 문제가 아니었다. 어차피 백천은 천괴와 명수라, 그리고 혈천휴를 제외하면 두려울 것이 없었다.

한데 암천은 달랐다.

이름 자체가 비슷해서인지, 묘하게 신경을 긁은 반존대가 문제인지는 알 수 없었다. 그저 본능적으로 마음에 들지 않았다. 하루에도 몇 번이나 살의가 일어날 정도로 말이다.

"태상은?"

암천은 손으로 입을 막고 키득거렸다.

"늙은이가 어찌나 신중한지 연왕부에서 십 리 거리에 진을 치고 움직일 줄을 모릅니다. 연왕부와 암영대의 동귀어진을 기다리고 있겠지요."

"암영대가 연왕부를 쓸어버리면 도독부를 유인해서 전멸시킨다. 하면 연왕부는 반정을 일으키지 않을 수가 없을 것이야."

"주인님의 혜안에는 감탄을 금치 못하겠습니다."

백천은 암천이 명수라를 칭찬하자 미간을 찡그리며 화제를 돌렸다.

"암지와 암황은?"

암천은 대답 대신 눈을 감고 기감을 퍼트렸다.

명수라가 암천에게 만들었고, 암천이 다른 암객을 가르쳤다. 그렇기에 암천은 장거리를 격하고도 암객의 생존유무를 모조리 파악하고 있었다.

"암지는 북왕의 거처인 등천전에서 대치 중이군요. 암황도 곧 도착하겠군요. 암현의 수하들은 명령체계가 꼬여서 그런지 제멋대로 움직입니다. 이리로 불러들일까요?"

암천의 말에 백천의 입매가 꿈틀거렸다.

"됐다. 우리가 간다."

"검천위의 후예를 잡으러 가는 건가요?"

백천은 이미 걸음을 옮기고 있었다.

"사형은 놈의 죽음을 원한다. 그러니 죽여야지."

암천이 종종걸음으로 백천의 뒤를 따랐다.

"제가 돕겠습니다."

콰쾅!

백천은 소매를 휘저어 암천을 향해 일장을 내질렀다. 암천은 이 장이나 비틀거리며 물러난 후에야 강기를 튕겨낼 수 있었다.

"네깟 놈이 감히 누구를 도와!"

암천은 언제 비틀거렸냐는 듯이 헤실거리며 머리를 긁적였다.

"그러네요. 저 같은 놈이 어찌 주인님의 사제되시는 분께 힘이 되겠습니까. 아무렴요."

백천의 얼굴은 더더욱 일그러졌다.

놈은 끝까지 자신을 상급자가 아니라 명수라의 사제로 대하고 있었다. 아마 천괴의 암객이었다면 자신과 명수라를 차별하지 않았을 것이다.

하나 명수라가 만든 이상 암천은 언제든지 자신의 등에 칼을 꽂을 수 있는 위험요소였다.

'불멸전혼대법을 위해서라면 개처럼 기어주마. 하지만 개처럼 죽어줄 것이라고는 생각하지 마라!'

　　　　　*　　　*　　　*

　연왕부의 무장들은 모두 용린갑을 착용한 상태였다.

　용린갑은 일반 갑주와 달리 두 겹의 철편을 덧대어 만들었다. 철편 사이에는 완충재를 넣었기에 강기에도 쉬이 파괴되지 않았다.

　터텅!

　용린갑을 두들긴 암객이 인상을 쓰며 물러났다.

　이미 무장들의 용린갑은 처음의 굳건함을 잃고, 철구에 얻어맞은 것처럼 곳곳이 움푹 패여 있었다. 하나 완충재로 인해 내부의 철편은 여전히 보호력을 유지했다.

　무장들이 북왕의 처소를 수호했다면 무인들은 표홀한 움직임으로 암객들을 상대하고 있었다. 일대 일로 상대가 되지 않더라도 합격술을 펼치면 암객이라고 해도 버텨낼 재간이 없었다.

　암객은 북왕의 처소인 등천전을 포위한 상태였고, 무인들은 뭉쳐서 공격만 펼치는 형국이었기 때문이다.

　한데 무인들이 기세를 타기도 전에 등천전의 뒤편에서 살기가 충천했다.

　"죽여라!"

암영대에서 암천을 제외하면 가장 강한 암황이 도착한 것이다. 암황의 난입을 계기로 암지 역시 무인들을 몰아치기 시작했다.

암지는 용린갑을 입은 무장들을 피해 후기지수들이 모인 곳으로 수하들을 집중했다.

한데 아홉 개의 검영이 솟구치는 순간 암객은 주춤거리며 물러섰다. 제아무리 죽음을 도외시하는 암객이라고 해도 선기에는 본능적으로 거부감을 지닌 것이다. 그러나 구궁신행검의 묘리는 팔방을 점한 후 일격을 날리는 것이다.

진예화는 물러나는 암객을 향해 쇄도했다.

혜검과 양의심법의 묘용이 담긴 보법이 펼쳐지는 순간 검극은 어느덧 암객의 면전에 이르러 있었다.

"큭!"

암객이 뒤늦게 쌍장을 내질렀다.

하나 진예화는 암객의 옆구리로 비스듬히 검을 박아 넣은 후였다.

"저딴 계집에게 죽다니!"

암지의 짜증 섞인 한 마디에 세 명의 암객이 달려들었다.

"물러서!"

진예화의 구궁신행검은 아직 완성되지 못했다.

그것을 알고 있는 백이강이 나선 것이다. 진예화는 자연스럽게 백이강과 자리를 바꿨다.

진무신기검은 구궁신행검보다 혜검의 영향을 많이 받았다. 그러니 백이강의 검이 백광에 휩싸이는 순간 암객들은 경계심을 드러냈다.

그러나 그것도 잠시 암객들은 부나방처럼 백이강의 검역(劍域) 안으로 몸을 던졌다. 그들을 지배하고 있는 비공기가 선기에 대한 거부감을 짓눌러 버린 것이다.

백이강은 십자 형태로 두 줄기의 검강을 쏘아 냈다.

암객은 비공기의 공능으로 공간을 접듯이 옆으로 미끄러졌지만, 검강을 완전히 피하지 못했다.

허리의 절반이 움푹 패인 암객이 비명을 지르며 쓰러지는 사이 다른 암객이 백이강의 정수리를 노리며 검을 휘둘렀다. 진무신기검은 심공의 묘리를 빌려왔기에 병장기를 가리지 않는다. 오른팔을 비스듬히 들어 올리는 순간 백광이 휘감겼다.

쩡!

강기와 강기의 충돌에서 먼저 반탄력을 상쇄시킨 쪽은 백이강이었다. 조화의 혜검과 부조화의 비공기의 우열이 갈리는 순간이다.

백이강은 오른발로 왼 발등을 찍고 솟구쳤다.

퍼퍼퍼퍼퍼퍽!

강기가 휘감긴 양 주먹을 한 호흡에 열여덟 번이나 꽂아넣었다. 그러고는 바람 빠진 공처럼 사지를 허우적거리는 암객의 단전을 걷어찼다.

암지는 자신을 향해 꽂혀드는 수하의 시신을 향해 일장을 내질렀다.

쾅!

수하의 피와 육편이 소나기처럼 쏟아진다.

"귀공을 개방한다."

귀공(鬼孔)은 정수리의 백회혈을 뜻했다.

암지의 서늘한 한 마디에 암객들은 일체의 망설임도 없이 자신의 정수리를 후려쳤다.

자결하는 것처럼 머리통이 터지는 자도 있었고, 머리가 갈라져 핏물을 쏟아 내다가 쓰러지는 자도 있었다. 하지만 대부분의 암객들은 귀공을 개방한 후 묘한 기운을 흘려 냈다.

"끄으으으으!"

눈동자는 어둠 속에서도 번들거릴 만큼 새카맣게 물들었고, 몸에서는 수많은 혈관이 당장이라도 터질 것처럼 꿈틀거렸다.

"죽여라!"

암지의 명령은 곧 동귀어진이었다.

본래 암객은 죽음을 두려워하지 않는다. 그러나 쓸데없이 죽음을 자처하지도 않았다. 그저 목숨을 효율적으로 사용할 뿐이었다. 한데 귀공을 개방한 암객들은 죽음을 적극적으로 이용했다.

퍼퍼퍽!

암객의 두 주먹이 연이어 용린갑을 두들긴다.

살이 벗겨지고, 피가 흐른 후에는 뼈가 드러났다.

그러나 공세를 그치지 않았다.

마침내 용린갑이 갈라지며 속살을 드러냈다.

"크아아아아!"

암객은 자신의 팔이 터져 나가는 것도 도외시한 채 용린갑의 금 간 부분을 뜯어냈다.

무장과 암객들이 동시다발적으로 곳곳에서 비명을 내질렀다.

삽시간에 지옥도와 같은 풍경이 만들어졌다.

승자와 패자, 산 자와 죽은 자를 나누는 것이 아니라 공멸을 위한 전투였다.

그 순간 암황과 암지의 귓가에 암천의 전음이 스며들었다.

[암혼대 투입.]

두 사람이 입꼬리를 올리는 순간 거대한 살기의 파도가

등천전을 중심으로 일어났다.

쿠쿠쿠쿠쿠쿵!

흑의를 입은 이백여 명의 암객이 동시에 날아올랐다. 암혼대는 암영대에 미치지 못하나, 홀로 절정의 무인 대여섯을 상대할 수 있을 터였다. 그리고 그들과 함께 암천이 뒷짐을 진 채 허공에서 천천히 하강했다.

도연과 함께 무장들의 진형을 지휘하던 제갈수련의 낯빛이 창백하게 질려갔다.

'너무 많잖아!'

그 순간 땀에 젖은 그녀의 머리카락을 쓰다듬고 지나가는 바람이 있었다. 하나 제갈수련보다 진예화가 한 발 앞서 반응했다.

"운비야!"

쏴아아아아아아─

바람은 언제 어디서나 마주할 수 있는 존재다.

하나 바람의 칼날이 대자연의 흐름을 탔다면, 그것은 재해라고 불러야 할 것이다.

그리고 적운비가 만들어 낸 재해가 미처 대지에 내려서지 못한 암혼대를 덮쳤다.

슈슈슈슈슈슈슉!

헤아릴 수 없을 만큼 무수한 바람의 칼날이 암혼대를 자르고, 베고, 찢었다.

　암천은 암혼대의 절반이 허무하게 사라지는 광경에 말을 잇지 못했다. 그의 시선은 오직 허공에서 계단을 밟고 내려오는 것처럼 느긋하게 움직이는 적운비에게 꽂혀 있었다.

　'검천위의 후예!'

　적운비는 무심한 표정으로 도연과 제갈수련 사이에 내려섰다.

　"다시 뵙게 되어 정말 반갑습니다."

　도연은 그 사이 십 년은 더 늙어보였다.

　"전황은?"

　적운비의 물음에 제갈수련이 아랫입술을 질끈 베어 물었다.

　"마지막 보고에 따르자면 북평의 도지휘사사가 물러났을 때 무림도독부의 군세가 이쪽으로 이동했데. 아마 우리의 힘이 빠지기를 기다리고 있을 거야."

　제갈수련은 고개를 들지 못했다.

　적운비는 제갈수련의 머리를 쓰다듬었다.

　"네 탓이 아니야. 그리고 네가 할 일은 지금부터 시작이야."

　도연은 두 사람과 여전히 등천전을 포위하고 있는 암객들을 번갈아 보며 쓴웃음을 흘렸다.

"저들을 이긴다고 해도 무림도독부가 들이닥칠 것이고, 무림도독부를 이겨낸다고 해도 그 사이 황궁이 군세를 집결하겠구려. 클클, 패천성과 연왕부의 무력만 한데 모을 수 있었다면 이런 꼴은 당하지 않았을 텐데……."

도연의 자조섞인 읊조림에 적운비는 나직이 한 마디를 흘렸다.

"아직 끝난 거 아닙니다."

"지원군이 도착하려면 한참이 걸립니다. 그야말로 사면 초가로군요."

적운비는 도연의 말에 고개를 내저었다.

"틀렸어요."

"뭐가 말입니까?"

적운비를 중심으로 다시 한 번 혜검의 기운이 뭉쳐들었다.

"이런 건 일망타진이라고 하는 겁니다."

〈다음 권에 계속〉